メシマズ女
扱いされたので
婚約破棄したら、
なぜか
ツンデレ
王子の
心と胃袋
つかんじゃいました
村沢黒音
illust. めろ

「シスト様。おはようございます。こちら、差し入れです。
シスト様がお怪我をされないようにと
願いをこめました」
ジーナ
姿を偽り、学校の食堂で
平民のジーナとして働く。
その正体は、公爵令嬢
ジーナ・エメリア。

「すまない。今朝は少し緊張して……」
シスト・フェリンガ
第二王子。魔法科の一年生。
ジーナの料理に惚れこみ、
身分を超えて
交流を深める。

そう思った時、
子犬が跳びついてきた。
「え、ちょっと……！」
菓子の袋をくわえて、着地する。
ジーナが止める間もなく、食べ始めた。
ジーナ・エメリア
公爵令嬢。
フィオリトゥラ王立学校の
普通科に通う二年生。
ベルヴァ
森の中でジーナが
助けた犬。
不思議な力を持つ。

メシマズ女
扱いされたので
婚約破棄したら、
なぜか
ツンデレ王子の
心と胃袋
つかんじゃいました
村沢黒音
illust. めろ

CONTENTS

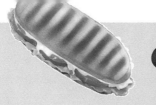

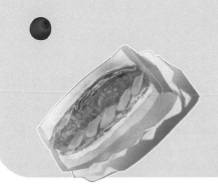

第一章　落ちこぼれの王子

「ああ……ひどい。これはひどい味だ」

フィンセントは開口一番、そう言った。ジーナ手製の菓子を食べた直後の発言である。秀麗な眉をひそめ、ゲテモノを口にしたかのような顔をしている。更には手を口に当てて、えずく動作までした。

一連の行動を、ジーナは冷めた目で眺めていた。

ジーナが何の反応も示さないからだろう。フィンセントはこちらの様子を、ちら……ちら……と、窺ってから、菓子を口に含む。

（美味しくないなら、無理して食べなくてもいいのに）

ジーナは心の底から思った。

「ごほっ、うおっほんっ！」

フィンセントの反応は、先ほどよりも大仰だった。えずきながらも、それを無理やり咀嚼《そしゃく》している。何度も咳こんでから、ジーナの顔を、ちらり……と、窺った。そこで不審そうに眉根を寄せる。

ジーナの対応が冷ややかだったからだろう。普段とちがっているのだ。

具体的には――

悲しそうな顔をしない。「申し訳ありません……」と頭を下げもしない。泣きそうな声で「フィンセント様、もうそちらは召し上がらなくて結構です……」と、言い出すこともしない。

ジーナは微動だにせず、表情一つ変えずに、フィンセントを見つめ続けているのだった。

ジーナの態度は普段と異なっているのに、フィンセントはいつも通りの台詞を吐いた。困ったような笑みを浮かべて、

「料理が苦手であろうと、不安に思うことはない。こんなことで君を嫌いになったりはしないよ」

「……そうですか」

ジーナはようやく言葉を発した。そして、ずっと思っていた本心を口にした。

「フィンセント様のお口に合わない物を、無理に召し上がっていただく必要はありません」

「そんなわけにはいかない。いくら独創的な味とはいえ、君がわざわざ私のために手作りしてくれた物だ。最後までいただくよ」

「そうですか」

ジーナは同じ調子で続けた。

「もう二度とお作りはいたしませんが」

「…………え？」

フィンセントはきょとんとした。

そんなことを言われるとは予想外だったのだろう。それから彼は仕方がないという様子で肩を

すくめた。どうやら、ジーナが「すねているだけ」だと思ったらしい。

――そんな過程は、もうとうの昔に過ぎ去っているというのに。

フィンセントは苦笑しながら言葉を継ぐ。

「気に病むことでもあるまい。誰しも向き不向きがあるものだ。それで人から何か言われることもあるだろう。しかし、私は君の作った物を今まで残したことはないじゃないか」

「人から何か言われる、とは？　具体的にはどのような？　例えば、男爵家のエリデさんが『フィンセント様にお出しする物が、そんな貧相な物なんて信じられない』とか、『私の方がもっと美味しい物を作れるのに』と、言ってらっしゃることですか？」

フィンセントは、ふ、と小さく笑う。

「彼女に嫉妬《しっと》してしまっているのかい？」

ジーナはぼんやりと『何を言っているのだろう、この人は』と思った。心がマヒをしたかのように何も感じない。

「私が愛しているのは君だけだ。ジーナ。君のひどい料理だって、愛しているからこそ、こうして食べることができるのだ」

ジーナは冷ややかな視線で彼を射貫く。

愛とは何だろうか、と頭の中で考えていた。フィンセントの言う『愛』とは、ジーナの料理をけなして、笑いものにして、えずきながら食べるということだろうか。

それなら、そんなものは要らない。

「いいえ。もう召し上がっていただかなくてけっこうです。その機会も今後はございません。この婚約は破棄させていただきますので」

「なっ……！」

「今後、フィンセント様が『とても人が口にするような物じゃない』『吐き気が止まらない』『醜悪な』代物を、口にすることは二度とございませんので、どうぞご安心を」

「ま、待て……！　何を勝手なことを言っている！　ジーナ……！」

「それでは、殿下。失礼いたします」

名前ではなく、敢えて「殿下」と他人行儀に呼ぶ。ジーナは毅然とした表情を崩すことなく、彼の下から立ち去った。

その足で公爵家の屋敷へと向かう。父のジークハルトと顔を合わせると、彼は険しい表情を浮かべていた。

「殿下との婚約を破棄したいとのことだったな。……学校で何があったのだ」

ジーナは全寮制の学校に通っている。そのため、父と顔を合わせるのも久しぶりのことだった。

ジークハルトはジーナの顔付きを見る。そして、ハッとした。ジーナの表情は凍り付いていた――感情が抜け落ちたように。

「お父様……」

ジーナは何かを言おうとして、うまく言葉にできなかった。

何があったのか。どうしてフィンセントと別れたいのか。父に説明しなければいけない。しかし、それを口にすることは、胸が締め付けられるほどに苦しくなることだった。

氷のような表情で佇むジーナ。

ジークハルトは娘の様子に悟ったらしく、いたわるような表情に変わる。

「ジーナ……。ずいぶんとつらい思いをしたようだな。わかった。殿下との婚約は破棄する方向で、話を進めてみよう」

「…………申し訳ありません。お父様」

凍り付いた声音で、ジーナは呟いた。


ジーナは原っぱに腰かけて、ぼんやりと空を見ていた。

学校へと戻る道中。使用人に無理を言って、馬車を止めてもらったのだ。彼女の膝には、フィンセントに渡した菓子と同じ物がある。アマレッティ――アーモンドを混ぜて作る焼き菓子だ。ラッピングも自分でやった。包装をいかに美しくできるかということは、貴族令嬢の嗜《たしな》みとされている。リボンは婚約者の髪色に揃えるのが慣例だ。何百もある金のリボンの中から、フィンセントにもっとも合うと思う物を選んだ。

ジーナは綺麗に包まれた菓子を手にとる。それを思い切り投げ捨てようとして――できなかった。悲しいはずなのに、心がマヒをして何も感じない。涙の一つも流れなかった。ジーナは表情を変えないまま、その菓子を膝の上に戻した。

今までたくさんの菓子をフィンセントに貢いできた。だが、そのどれもがフィンセントの舌には合わなかった。フィンセントはいつも眉をひそめて、時にえずいたり、むせたりしつつも、ジーナの菓子を食べていた。

『美味しくないのでしたら、残してください』

ジーナは何度も告げた。しかし、フィンセントは口では「まずい」と言いつつも、いつもジーナの菓子を残すことはなかった。

ものすごくまずそうにしながらも、完食するのだ。そして、『次の菓子には期待しているよ』と言い添える。ジーナが菓子を持って行かないと、『今日はないのかな?』と、催促してくるのだった。

彼と会う日、ジーナはいつも手作り菓子を持参した。それをフィンセントはことごとくけなした。

――フィンセント様は口に合わない菓子を最後まで食べてくださる。私が悪いんだ。私が彼に美味しいと言ってもらえるだけの物を作れないから……。

寝る間を惜しんで、ジーナは菓子作りの勉強をした。

フェリンガ王国は美食の国と呼ばれているほど、食文化を大事にする国家だ。そのため、「菓子作り」は貴族令嬢の嗜みとされている。ジーナも幼い頃より菓子作りを学んできた。

令嬢が婚約者に手作り菓子を渡すのは、フェリンガ王国では当たり前の光景だった。公爵令嬢のジーナと、第一王子フィンセントの間でも、それはしかりだ。

ジーナは公爵令嬢として、幼い頃より第一王位継承権を持つ王子と婚姻することが決まっていた。正式にフィンセントとの婚約が結ばれたのは、今から一年前のことだった。定められた結婚ではあったが、ジーナは公爵家の娘として恥じないよう、フィンセントのことを理解し、彼を支えようと努めていた。だから、彼のために料理を作る手間も厭《いと》わなかった。

フィンセントは甘い物が苦手なようだった。だから、甘さを控えた菓子作りの研究をした。試作品を何日も焼き続けたこともある。

『次こそはフィンセント様に美味しいと言ってもらいたい……』

と、ジーナはその一心で頑張った。彼に渡す菓子は必ず味見をした。侍女にも「美味しい！」と、太鼓判を押してもらっていた。

でも、ダメだった。フィンセントの反応はいつも変わらない。

――ああ、これはひどい。君は料理が苦手なんだね。

その言葉を聞く度に、ジーナの心は凍り付いていった。

自分の心がぽっきりと折れてしまったのは、一週間前のことだった。フィンセントが学校内でジーナの料理を笑い話にしていると知った。二人は同じ学校に通っているが、専攻が異なっていた。ジーナは普通科で、フィンセントは魔法科だ。校舎が別のため、ジーナはその話が魔法科の生徒の間で蔓延していることを知らなかった。

『エメリア嬢、またやらかしたらしいぞ。今度は、クッキーに色を付けるために絵具を混ぜたのだとか』

『ぎゃははは！　何だそれ！　ひどすぎる！　さすがはゲテモノ作りのエメリア嬢だ』

『お高く留まった感じの美人なのになあ。料理が壊滅的とは』

『フィンセント殿下も大変だろうに。そして、お優しい方だ。婚約者のまずい料理を、健気に完食なされるなんて』

　フィンセントに用事があって、魔法科を訪れた時、そんな話を耳にして、ジーナは血の気が引いた。

　何それ……と、思った。

――クッキーに絵具なんて、混ぜるはずがないじゃない。

その後、自室に戻ったジーナは泣いた。どれだけフィンセントに料理をけなされても、一度も泣いたことはなかったのに。

　原っぱでそのことを思い出して、ジーナは放心していた。

「お嬢様……」

　使用人がおずおずと声をかけてくる。

「そろそろ学校に戻りませんと、日が暮れてしまいます」

――戻りたくないな、とジーナは思った。

菓子を手にとって、ぼうっと眺める。すると、嘲笑の声が耳奥で鳴り響いた。

『ゲテモノ作りのエメリア嬢』

　胸が、きゅっと苦しくなる。

ジーナは立ち上がると、咄嗟《とっさ》に走り出した。

「お嬢様……!?」

使用人たちが焦った声を上げる。それを振り切って、ジーナは森の中へと駆けていく。

宛てがあるわけではない。しかし、もう「ジーナ・エメリア」としてここにはいたくない。誰も自分のことを知らない場所に行きたい。

ジーナはそれだけを願った。


森の中は静寂に包まれていて、心が落ち着いた。

ジーナは木に背を預けて、ふう……と息を吐く。遠くで使用人たちが自分を探している声が聞こえる。

咄嗟に飛び出してしまったが、見つかるのは時間の問題だろう。

帰りたくないな。と、ジーナはため息を吐く。

その時、音に気付いた。静かな息遣いが、草むらの向こうから聞こえてくるのだ。

ジーナが草をかきわけると、一匹の子犬が倒れていた。全身が黒い毛で覆われ、目は赤い。ふうふう、と弱った息を吐き出している。

ジーナはその子犬に歩み寄った。怪我をしているのだろうか、と見渡すが、傷らしいものは一つもない。

　子犬は耳をぴんと立ち上げる。鼻をひくつかせて、「くーん……」と、ねだるような声を上げた。

「お腹が空いているの？　今はこれしか……」

　と、手に持っていた菓子を見て、ジーナは首を振る。

「……これじゃ、ダメね」

　これはフィンセントに散々けなされた菓子だ。こんな失敗作を与えるわけにはいかない。

　そう思った時、子犬が跳びついて来た。

「え、ちょっと……！」

　菓子の袋をくわえて、着地する。ジーナが止める間もなく、食べ始めた。

　あっという間に完食して、子犬は尻尾を振る。ジーナの足元にすり寄ってきた。

　くぅーん。甘えたような声を上げている。

「あなたの口には、合ったのね」

　ジーナはホッと息を吐いた。子犬の頭を撫でていると、

「お嬢様！　ジーナお嬢様！」

　使用人の声がすぐ近くで聞こえた。

「家出は、もうおしまいね」

　ジーナは子犬を抱き上げて、ずるずるとへたりこんだ。

「戻りたくない……」

目を閉じると、自分の料理を罵倒《ばとう》し、蔑む声が聞こえてくる。その中に戻されるのは嫌だった。

「フィンセント殿下との婚約を破棄しても、噂は消えない。私は一生、料理が下手な女って嘲笑《あざわら》われる――戻りたくない。ジーナ・エメリアじゃない、誰かになりたい……」

『――はっ、それが願いか――』

誰かの声が答えた。

ジーナはハッとして、辺りを見渡す。しかし、そこには誰もいない。

『取引だ。願いを叶えてやる。元に戻りたい時は、その飾りを外せ』

ジーナは呆然としていた。

いったい誰が話しているのか……。しかし、その相手を見つける前に、急激なめまいが襲ってくる。

ジーナはその場で倒れるのだった。

「大丈夫ですか?」

誰かに体を揺さぶられている。ジーナはゆっくりと目を開けた。

(夢……?)

そう考えながら、体を起こす。目の前の光景に彼女は落胆した。使用人がジーナを囲いこんでいるのだ。

もう見つかってしまった……と、彼女が内心で嘆いていると。

「お嬢様を見かけませんでした？」

「え……」

「銀髪に青い瞳の、美しい姿をされている女性です」

「その……私……」

それはまさに自分である。

ジーナは呆然として、彼らの顔を見つめる。返って来た眼差しは、素っ気ないものだった。

「もっと奥に行かれたのかもしれない」

「あなたも気を付けて帰りなさい」

使用人は立ち上がって、ジーナを置いて行った。

——探している人物が目の前にいるにもかかわらず。

ジーナは怪訝《けげん》に思って、立ち上がる。

しばらく森をさ迷うと、湖が視界に飛びこんでくる。その水面に恐る恐る、自分の姿を映した。

ジーナは息を呑む。

「私じゃ、ない……？」

そこに映っているのは、みすぼらしい身なりの、地味な娘だった。

癖のある栗色の髪。そばかすの乗った頬。目鼻立ちは、パッとしない。

ジーナはハッとして、耳に触れた。見覚えのないイヤリングが揺れている。

『元に戻りたい時は、その飾りを外せ』

ジーナはイヤリングを外してみる。

すると――水面に映る姿が瞬く間に変わった。

銀糸のような艶やかな髪。切れ長の碧眼は美しいが、感情を映さず、冷めた印象だ。いつもの自分の容姿だった。

「夢じゃなかった？」

ジーナは胸元を抱きしめて、立ち上がる。

「さっきの子犬、どこに行っちゃったんだろう……」

辺りを見渡してみても、その姿はない。ジーナは困惑して、立ち尽くした。


――その日、公爵家の娘ジーナ・エメリアは姿を消した。

◆

茶器の割れる音が響く。侍女たちは「きゃ」と怯えた声を上げた。

それに構わず、フィンセントは机の上の物をすべて叩き落とした。

「ちがう！　これじゃない！」

「申し訳ございません、殿下！　すぐに別の物をお持ちいたします……！」

侍女が震えながら、別の菓子を運んでくる。しかし、どれを口にしてもフィンセントは満足す

ることができない。

「ちがう！　これでは、何もかもちがう！」

フィンセントは激昂し、喚き散らした。

（ジーナの菓子は……もっと……もっと美味しかったのに！）

あれだけが自分の舌を満足させることができた。早急にあの味を味わいたい。

「彼女はまだ見つからないのか⁉」

ジーナ・エメリアが失踪してから一週間。フィンセントは兵士に命じて、国中の捜索に当たらせていた。しかし、国の総力を挙げても、彼女の行方はわからなかった。

「早急に探し出せ！」

フィンセントは暗い感情を瞳に宿して、決意する。

（――そして、また私のために菓子を作ってもらう）

◆

昼時の厨房は戦場だ。腹を空かせた若者たちは、一秒だって待ってはくれない。

だから、従業員は忙しなく厨房を動き回っていた。

「グラタン皿、用意できてる⁉」

「はい」

その声に応えたのは、地味な容姿の娘だった。彼女は料理には携わらず、ひたすら皿洗いをしている。冷たい水で、指先がかじかんでいた。

彼女がこの食堂で働き始めたのは、今から一週間前のこと。身寄りがないのだという彼女を、食堂の料理長・エマは快く受け入れた。

少女は洗い終わったグラタン皿を持ってくる。

「ありがとう、ジーナさん」

エマが礼を言うと、少女はぺこりと頭を下げて、また洗い場に戻っていく。

――無愛想なのがたまにキズだが。

でも、エマは少女――ジーナのことをすでに気に入っていた。

彼女はある程度、料理ができるにちがいない。ただ皿を洗うだけでなく、どの順番で皿を綺麗にしていけば注文に対応できるのか、常に考えて動いている。料理人が今、どの料理にとりかかっているのかを瞬時に把握しなければできることではない。

（いい拾い物をしちゃったわね）

エマは一目見た時から、この少女には何かありそうだと直感を覚えていた。平民にしては、立ち振る舞いや言葉遣いがしっかりしている。凛とした雰囲気をまとっていて、どこか俗世離れした少女だった。彼女は本当は良家の令嬢で、今の姿はお忍びなのではないのかと思ったほどだ。しかし、エマはその考えをすぐに振り払った。そんないいところのお嬢様がこんな場所で働くはずがないのだから。

少女の名は、ジーナ。姓を持たない平民の娘だ。

彼女はフィオリトゥラ王立学校の食堂で、下働きをしている。

◆

仕事を終えて、ジーナは寮までの道を歩く。

道中、魔法科の生徒とすれちがった。彼らが着ている制服は、黒を基調として裏地はえんじ色、金の糸で紋章が刺繍《ししゅう》してある。ジーナが通っていた普通科と雰囲気が異なり、「魔道士」としての風格を感じるデザインだった。

フィオリトゥラ王立学校は、王族・貴族の子らが通う名門校だ。普通科は西の校舎、魔法科は東の校舎と分かれている。先天的に魔力を持つ子は魔法科に、魔力を持たない子は普通科に通うことになっていた。

魔法科の生徒とすれちがう度に、ジーナは警戒の視線を向ける。その中にフィンセントがいないかを確認していた。フィンセントは魔法科に通う三年生だ。

フィオリトゥラは全寮制で、フィンセントもそこで暮らしている。もし、彼に会ってしまったらと考えると怖かった。しかし、他に選べるような職もなかった。容姿が変わっている今は彼に気付かれることもないだろうと、自分に言い聞かせた。フィンセントは第一王子だし、こんな雑用人の娘を気にかけることもないはずだ。

実際、働き始めて一週間が経ったが、ジーナは一度もフィンセントを目にしていない。

職員寮にたどり着き、ジーナはホッと息を吐いた。

ベッドの上で、指先をこする。

「いた……」

連日の皿洗いのせいで、手が荒れている。薬を買いたいが、今の給料では難しい。

公爵令嬢に戻れば、もっといい暮らしができることはわかっているけれど。

(戻りたくない。今の方が、気持ちが楽)

ジーナはそう思っていた。

誰も自分の正体を、公爵家の娘と――『ゲテモノ作りのジーナ・エメリア』と知らない。馬鹿にされることもない。それだけで、とても息がしやすい。

明日の朝も早い。もう休もうと思った時だった。

――こん、こん。

窓を叩く音。ジーナは怪訝に思って近付く。

カーテンを開けて、驚いた。子犬が座っていたのだ。

「あなたは……あの時の」

森の中で出会った子犬だ。

窓を開けてやると、子犬はしっぽを振りながら中に入る。そして、ジーナの脚にすり寄った。

「くぅーん」ねだるような声を出す。

ジーナは朝食用に用意しておいたブルスケッタを持ってきて、犬に与えた。薄く切ったパンを焼いて、生ハム、クリームチーズ、トマトを載せた物だ。

子犬はしっぽを振りながら、それにかぶりついている。

「こないだ、あなた、喋らなかった？」

その頭を撫でながら、ジーナは尋ねる。

「あなたが、この不思議なイヤリングをくれたの？」

ジーナはイヤリングを外す。すると、その容姿は地味な娘から美しいものへと変わる。

犬は答えず、食べ終わるとあくびをする。その様があまりに呑気なので、ジーナは「……気のせいかな」と思った。

「そうだ、名前……どうしよう」

子犬がじっと目を見つめてくる。すると、ジーナの頭は、ぼうっとなって、

「……『ベルヴァ』……」

と、呟いていた。ジーナはハッとして、子犬を見る。

（え？　この子の名前、今、私が考えたんだよね……？）

自分で口にしたはずなのに、確信が持てない。

ジーナが首を傾げていると、子犬――ベルヴァは、そそくさとベッド脇に向かう。くあ……と、あくびを漏らして、横たわるのだった。

「ジーナさん。ちょっといい？」

仕事終わりに、エマに呼び止められる。彼女は一本の包丁をジーナに差し出した。

「あげる」

「え……」

「あなた、自炊してるでしょう。自分専用の物があった方がいいわ」

ジーナは呆然として、それを受けとる。表情を変えずに頭を下げた。

「……ありがとうございます」

「いいのよ。それに、これは先行投資。あなたは、料理ができるでしょう？」

ジーナは固まった。蓋をしていた記憶が弾ける。

『ああひどい。これはひどい味だ』

『ゲテモノ作りのエメリア嬢』

その言葉が脳裏に蘇った。ジーナは無表情のまま目を曇らせた。

「美味しくない物しか、作れません」

「そんな、謙遜なんてしないで。あなたの手際を見ていればわかるもの。だから、そのうち料理の方も手伝ってもらうつもりだから」

エマはジーナの肩を叩いて、去っていく。

ジーナは手の中の包丁を見つめる。そして、ため息を吐いた。

本当ならジーナは、もう料理をしたくなかった。しかし、この学校は貴族向けなので食事の物価が高い。下働きの給料では手が出せず、仕方なく自炊をしていた。エマに許可をもらって、食堂のキッチンを使わせてもらっている。

自分やベルヴァ用ならともかく、学校の生徒相手になんて――料理を作れるはずがない。

◆

ジーナとエマのやりとりを、物陰からじっと見つめている人物がいた。

(何であんな女を……！　私の方が長く働いているのに！)

と、思っていたのは、一人の女性だった。

名はアルビナ。

彼女はここで三か月ほど前から働いている。料理人になるのが夢だ。それなのに、厨房では未だに雑用しか任せてもらえない。

それを不満に思った彼女は、何度もエマに交渉した。料理の腕には自信がある。しかし、エマは「あなたにはまだ早い」とばっさりと言う。

それなのに、あの女にはあっさりと、あんなことを……！

ジーナが包丁を棚の中に保管して、去っていく。それを見届けてから、アルビナは近寄った。

棚には厨房の料理人たちの包丁が収められている。その中にジーナの名があることに、アルビナは苛立った。

彼女は包丁をとり出す。

――こんな物。どこかに捨ててやる。

そう思って、部屋を去ろうとした、その時。

「ひっ……」

アルビナは硬直した。

目の前に一人の男が立っていたのだ。近付いてくる音も、気配もなかった。

荒々しい雰囲気の男だった。黒い髪に、赤い瞳。ハッとするほどにその見目は美しい。アルビナは思わず見とれてから、その表情にたじろいだ。

彼の瞳が怪しく光っている。まるで、アルビナの行為を咎めるように。

彼女はハッとして、包丁を背に隠した。

「な……何よ、あんた……」

「それは、あいつのだ」

アルビナは目を見張る。

「あんた……あの子の……？」

「あいつに何かしてみろ。俺が許さねえ……。覚えておけよ？」

彼の瞳に、火花のような感情が走る。アルビナは喉をひきつらせた。

次の瞬間——彼の姿は消えていた。

「何、今の……？」

アルビナは体を震わせる。包丁を元の場所に戻すと、逃げるようにその場を立ち去った。

◆

宵闇の中に、男が立っている。黒髪赤眼の男だ。

彼の周りを淡い光が覆う。すると、その姿は見る見ると縮んで、子犬へと変わった。

「さーて。今日の夕飯は何かなー♪」

子犬はウキウキとした様子で、ジーナの部屋へと戻っていく。


次の日、ジーナは首を傾げていた。

（うーん……？）

と、怪訝な目で、ベルヴァを見つめる。

「あなた、少し大きくなった……？」

「くーん……？」

ベルヴァは無邪気な瞳でこちらを見返す。あざとい動作で首を傾げるのだった。

◆

ジーナ・エメリアは、可愛げのない女だった。

少なくともフィンセントはそう思っていた。

銀髪碧眼。浮世離れしているほどに美しい容姿。少し背の高い体。凛とした眼差し。背筋はいつもピンと伸び、隙がない。人を頼らず自分で何でもしてしまう性格で、学校での成績も優れている。

フィンセントはそれが面白くなかった。自分だけが知る、彼女の弱みが欲しかった。

ジーナは隙のない女らしく、料理が上手だった。初めて彼女の菓子を口にした時、フィンセントは感動した。

彼女が作ったのは、フェリンガ王国の伝統菓子である「クロスタータ」だった。生地にジャムとフルーツで作ったフィリングを入れて焼いた物だ。生地はしっとりとして、口の中でほろほろと崩れる。とろけるジャムの甘さとフルーツの酸味。

――今まで食べたどんな菓子よりも、それは美味しかった。

しかし、同時に少しだけ惜しいとフィンセントは思った。甘い物が得意ではない彼にとって、それは甘すぎたのだ。もちろん、それは好みの問題だった。

『少し甘すぎるね』

フィンセントはそう言った。

その時、彼は見た。ジーナが悲しそうに眉を垂らす、その表情を。

『申し訳ありません。次は気を付けます』

その表情は一瞬だけで、彼女はすぐにいつも通りの凛とした様子に戻った。

フィンセントはドキドキと胸を鳴らしていた。

その夜――彼はジーナが一瞬だけ見せた、悲しそうな顔が忘れられなかった。

次にジーナの菓子を食べた時、フィンセントは感動した。

自分の舌に合わせた、絶妙な甘味加減。完璧だ……美味しい。ものすごく、美味しい。

フィンセントは彼女の顔をちらりと見る。

ジーナはこちらをじっと見ている。まるで何かを期待するように。

『前の時より、いまいちだね』

気が付けば、フィンセントはそう口にしていた。

ジーナが目を見開く。ショックを受けた表情で硬直している。その時間は前回より長いものだった。

『……申し訳ありません……』

彼女は悲しそうに目を伏せた。

だから、ジーナは気が付かなかっただろう。フィンセントが興奮して、頬を紅潮させていたことに。


(ああ、ジーナ……君は何もわかっていない)

フィンセントはその時のことを思い出しながら、考えていた。

(私は君のことを愛しく思うからこそ、ああいうことをしていたのだ)

ジーナの行方は未だに見つからない。

早くあの美味しい菓子を味わいたい。と、フィンセントは思っていた。

彼女はきっと、少しすねてしまったのだろう。だから、今は行方をくらましている。だけど、フィンセントの気持ちを話せば、彼女もわかってくれるはずだ。

自分がジーナの菓子をけなしていたのは、『愛情表現』であったということを。

それを知れば、彼女は感動するにちがいない。

そして、また自分に菓子を作ってくれるようになる。その菓子を口にしたら、「ひどい味だね」と言って、フィンセントは彼女に愛をささやくのだ。

（ジーナ……君の行方は必ず、私が見つけ出す）

決意を胸に、フィンセントが中庭を歩いていた時だった。

彼は怪訝に思った。曲がり角に一瞬、誰かが立っていた。その女性はフィンセントの姿を見ると、慌てて踵を返していった。

お下げ髪の、地味な女だった。

（雑用人か）

フィンセントはそのことを深くは考えなかった。その場を去る頃には、彼女の顔も忘れていた。

◆

（危なかった……）

ジーナは小走りで道を駆けていた。

まさか、フィンセントと遭遇してしまうとは。容姿がまったく異なっているので、気付かれることはないだろうけど……。

ジーナの胸はずきずきと痛んでいた。まだフィンセントの言葉の棘《とげ》が、心臓から抜けないのだ。

そのことに気をとられて走っていたので、ジーナは前を見ていなかった。

「……あっ」

曲がり角で誰かと衝突する。ジーナは尻もちをついた。その拍子に持っていたランチボックスが落下する。

「は？」

不機嫌そうな声が降ってくる。

相手の顔を見上げて、ジーナは目を見開いた。

（し……シスト殿下……⁉）

フィンセントの腹違いの弟。第二王子、シスト・フェリンガ。フィオリトゥラ王立学校の魔法科に通う一年生だ。

ジーナは二年生だったので、一つ年下の少年である。

整った顔立ちはフィンセントに少し似ている。だが、金髪碧眼のフィンセントとは異なり、シストの髪は紺色だ。彼は苛立った様子で目を細めている。威圧的な碧眼は、フィンセントとは雰囲気が正反対だった。

シスト・フェリンガに関わる噂は、よくないものばかりだ。目付きも口調も鋭く、人を近付けない。以前、学校で暴力沙汰を起こして、停学処分になったこともあるという。陰では『不良王子』と呼ばれていた。

『王家の中でも手余し者でね。我が弟ながら恥ずかしいよ』

と、フィンセントも口にしていた。

公爵令嬢としてのジーナは、彼と会ったことがある。しかし、ジーナはシストの険のある雰囲気が苦手だった。悪い噂ばかり耳にしていたこともあり、あまり話をしたことがない。

「どこ見て歩いてんだよ」

ぎろり、と睨まれて、ジーナは硬直した。

彼もランチボックスを落としていた。それを乱暴に拾い上げると、去っていく。

「申し訳ありません」

ジーナは頭を下げると、ランチボックスを手に立ち上がる。彼女が抱えていたのは、食堂で売られているのと同じ容れ物だった。中身はジーナが作った料理を詰めている。

ジーナはこれから昼休憩に向かうところだった。

しかし、

（食欲がない……）

ジーナは重いため息を吐いた。このところ、自分の料理を食べても何も味がわからない。『ひどい味だね』というフィンセントの言葉が蘇って、美味しいと感じられなくなっていた。

（これも……ベルヴァにあげようかな）

と、考えながらジーナは自室へと向かう。

そのため、彼女は気付かなかった。

ランチボックスの中身が、自分の料理とは別の物に替わっていたということに。

◆

その日、シストは苛立っていた。

兄——フィンセント・フェリンガを絶賛する声を耳にしたからだ。

フィンセントの魔法の才覚は、この学校内でも抜きん出ている。『百年に一度の大天才』と呼ばれていた。——自分とちがって。

彼を賞賛する声を耳にする度に、シストは嫌な気持ちになる。

(はあ……とはいえ、さっきのは八つ当たりだな……)

内心で深いため息を吐いた。少女とぶつかって、嫌な言い方をしてしまった。彼女が怪我をしていないかは、ざっと見て確認したが……。

どうしていつもこうなのだろう。うまくいかない現実に苛立って、周りにイライラを振りまいて。自分が陰で何と呼ばれているのかも知っている。

シストはやりきれない思いで、ランチボックスを開く。

「ん……?」

中身を見て、気付いた。

自分が購入したのはパニーニ。中に入っているのもパニーニだ。しかし、形状がちがう。シストが買ったパニーニは、パンが細長かった。これは丸いソフトバケット。

（あ……）

シストは思い出して、苦い顔をする。

さっきの少女とぶつかった時に、入れ替わったのだ。

彼女を探しに行こうか、と考えてから、思い直した。今から探しに行っても見つけられないだろう。それに形状がちがうとはいえ、どちらも同じメニューだ。

内心で彼女に謝ってから、シストはそれを口にした。

——瞬間。

「……ん⁉」

彼は目を見開く。

何だこれは⁉　と、感動に包まれていた。

パンに挟んであるのは、ツナ、トマト、オリーブ、ルッコラ。食堂でよく見かけるパニーニとそんなに差はないはずなのに。

ソフトバケットのふわふわ食感。オイルに浸けたツナは脂っこくなりすぎず、口の中に旨味が広がる。そこにトマトの酸味、オリーブの香りが混ざって——。

美味い……美味すぎる……！

いつも食べている物とは、何もかもちがう。彼は夢中になってそれを完食した。

――物足りない。もっと食べたい。

（知らなかった。食堂でこんなに美味い物が売られていたとは。明日はこっちを買おう）

と、シストは思うのだった。

◆

お昼時――戦場の調理場にて。

「料理長、ちょっとよろしいですか」

エマは従業員の一人に呼び出された。彼が困った顔をしていたので、エマは手を止めて、そちらへと向かった。

「シスト殿下が訪れていまして、聞きたいことがあると……」

「殿下が……？」

エマは首を傾げる。この学校は王侯貴族の子らが通っている。提供する食事には気を遣っているが、時折、言いがかりのような苦情《クレーム》を受けることはあった。その場合、普通は従者を遣わせてくるので、生徒本人が現れることはまずない。

（シスト殿下といえば、素行が悪いことで有名だけれど……）

エマは内心で警戒しながら、そちらに向かう。

「お待たせいたしました、殿下。どうかなさいましたか？」

　シストは鋭い目付きでエマを捉える。

「ここで売っているパニーニは、細長い物ばかりだな。丸い物はないのか？」

「………はい？」

　質問の意味がわからず、エマは首を傾げた。

「ええっと、うちで扱っているのは、すべてこの形状のパンになりますが……」

　シストは少し面食らったような表情をする。しかし、すぐに納得した様子で頷くと、

「そうか。なら、全種類のパニーニをもらおう」

「は、はい……」

　要望に応えると、彼は去っていった。エマは怪訝な顔をしながら、調理場へと戻る。

（丸いパン……そういえば）

　彼女はハッとして、洗い場を見る。今日もジーナは淡々と皿洗いを続けている。

　先日、ジーナが学校近くのパン屋の袋を抱えていた。その時、彼女が丸いパンをとりだしていたのをエマは見たのだ。

（……まさか、ね）

　彼女は首を振ると、調理に戻るのだった。


　その日の仕事終わり、エマはジーナに尋ねていた。

「あんたが自炊している料理、私にも試食させてくれない？」

帰り支度をしていたジーナは、その言葉で固まった。警戒するような視線をエマに向けてくる。

「なぜ……ですか」

「そりゃ、あんたにもいずれ調理を手伝ってもらおうと思ってるからさ」

「申し訳ありません……。私には荷が重いです」

「そう？　あんたの料理、見たところどれも美味しそうだったよ」

エマは本心で言っていた。この少女の料理は、どれも食欲を刺激するいい匂いを漂わせている。

が、その時。

ジーナの血の気が見る見ると引いていく。突然、ガタガタと震え出したので、エマは驚愕した。

「……やめて……」

ジーナはクールな娘だった。あまり感情を表に出さない。

だから、彼女がこんなにも感情を噴出させた瞬間を、エマは初めて見た。

「お世辞は……聞きたくない……」

あまりに怯えた様子なので、エマは何も言えなくなった。

◆

『美味しい』

『美味しそう』

その言葉に、ジーナは脅えていた。

フィンセントに食べてもらった菓子は、フィンセント以外の者からは好評だった。

『これ、すごく美味しいです！』

『お嬢様の料理は最高です！』

侍女たちはいつも絶賛してくれた。

でも……。

（私が公爵家の娘だから……皆、お世辞を言っていたのかも）

本当はフィンセントの反応が正しかったのかもしれない。

『ああ……ひどい。これはひどい味だ』

その言葉が毒のようにジーナの心を蝕んでいく。

ジーナは自室で項垂れていた。

くーん……、とベルヴァが心配そうにやって来る。ジーナは子犬を抱き上げて、きゅっと体を縮める。

「ベルヴァ、食べる？」

と、ランチボックスをベルヴァに差し出した。

ベルヴァはしっぽを振って、ランチボックスに頭をつっこんでいる。

――やっぱり、犬には美味しいと思ってもらえるんだ。

食事を無駄にしなくて済んだことは喜ばしいけど、それでジーナの心が晴れることはない。

一心不乱に食べている子犬の姿を見つめながら、ジーナは考えていた。

もう二度と……誰かに料理を食べてもらうことはないだろう、と。

◆

シストは唖然として、目の前の物を見つめていた。一口食べて、これじゃないとわかる。

夢のように美味しかった、丸いパニーニ。シストはそれを探し求めていた。

食堂には細長いパニーニしか売っていなかった。形がちがうだけで、味はあの時と同じ物があるのかもしれないと、シストは全種類のパニーニを買って食べてみた。

しかし、あの時のパニーニとは何もかもちがう。

(どうなっている……?)

ランチボックスには学校の名前が書かれていたのに。あれは学校の食堂で売られている物ではないのだろうか。

あの少女は、あのパニーニをどこで手に入れたのだろう。

(こうなったら直接、聞いてみるしかないか……)

しかし、彼女がどこの誰かわからない。

制服を着ていなかったので、この学校の生徒ではなさそうだが、どこに行けば会えるのだろう。

——彼女は、何という名前なのだろうか。

シストは知りたくてたまらなかった。

◆

男爵令嬢のエリデ・ヘルツは、ずっと上機嫌だった。

――やっと、あの邪魔な女がいなくなってくれた！

そう考えるだけで、足取りは弾む。

あの女……ジーナ・エメリアがエリデは大嫌いだった。

エリデは自分の容姿に自信を持っていた。赤い髪に翡翠色の瞳。背は高めだが、その分、スタイルがよく、『美人』だと周りから褒めそやされていた。

だが、今から数年前、社交界で会った女。あの時のことは思い出しただけでも腹が立つ。

ジーナはエリデと少し雰囲気の似た女だった。だが、『きつめの美人』と言われるエリデと異なり、ジーナは凛とした美しさを持っていた。早朝の空気のような、しゃんとした雰囲気をまとわせているのだ。

会場の視線はエリデではなく、ジーナへと集中していた。それに気付いた時、エリデは悔しかった。

更にエリデにとって、屈辱的なことが起こる。

その時、令嬢の一人が手を滑らせ、飲み物が零れるというハプニングがあった。それはジーナとエリデのドレスにかかったのだ。

両者の対応は正反対だった。

エリデは憤慨し、彼女を罵倒した。すぐに使用人を呼び、ドレスを拭かせた。

ジーナは、件の令嬢を気遣っていた。彼女は気分を悪くしてしまったらしい。恐縮する少女に「気にしないで」とジーナは告げる。ドレスの汚れは、自分のハンカチでさっと拭きとった。

──その時の周囲の突き刺さるような視線。

今思い出しても、腹が立って仕方ない。まるで晒し者にされたかのような、最悪な気分だった。

あの女のせいで……！　あいつさえいなければ！

その後、フィンセントとジーナの婚約が発表されると、エリデは猛烈に悔しかった。

エリデは魔法科の生徒で、フィンセントとは同じクラスだった。だから、密かに彼のことを狙っていた。それなのにフィンセントが選んだのは、ジーナ・エメリアだった。

エリデはどうにかして彼の気を引けないかと考えていた。

そんな時、ある噂話を耳にした。ジーナ・エメリアは料理が壊滅的らしい。そのことでフィンセントは悩んでいるようだった。

『実は婚約者の料理が舌に合わなくて……。しかし、彼女を悲しませたくはないから、私はいつも完食してあげているんだ』

彼は申し訳なさそうな面持ちで、クラスメイトに打ち明けていた。

その話を聞いた時、エリデは胸が空くような思いだった。

フィンセントが『今日のお菓子には、染料として絵具が混ざっていた』と、話しているのを聞いた時には大笑いした。ジーナのことを『ゲテモノ作りのエメリア嬢』と呼び始めたのはエリデだった。

フェリンガ王国では、料理は令嬢の嗜みとされる。それなのに第一王子の婚約者が、料理の一つもまともにできないなんて。

――これはチャンスかもしれない。

エリデは思った。

ジーナの代わりに、自分がフィンセントの胃袋をつかむことができれば。ゆくゆくはフィンセントと結婚し、王妃となれるかもしれない。

（私の方が料理は勝っているんだから、当然、フィンセント様に相応しいのも私よ）

エリデは上機嫌でアマレッティを焼き上げた。今日はそれをフィンセントに持って行くつもりだった。

（ああ、フィンセント様……喜んでくださるかしら⁉）

彼女は胸を弾ませて、フィンセントの下に向かう。

学校の廊下でその後ろ姿を見つけると、

「フィンセント様……！」

エリデは彼に駆け寄った。

「フィンセント様は先日、アマレッティを食べたいと仰っていましたよね。これ、私が作って来たんです♪」

フィンセントが振り返る。彼の面持ちはやつれていた。

可哀そうに、とエリデは思った。

――だから、このアマレッティで元気付けてあげなくっちゃ♪

エリデは上機嫌で、アマレッティを手渡す。フィンセントの反応は鈍かった。のろのろとそれを受けとり、眺めている。

「……ちがう」

「え……？」

フィンセントの言葉に、エリデは唖然《あぜん》とする。

「これじゃない！　私が食べたいのは、これではない！」

「フィンセント様……!?」

フィンセントが手を振りかぶる。愕然とするエリデ。

手製のアマレッティが投げ捨てられる――と、思った、その直前で。

「おやめください。殿下」

誰かの声が、凛と響いた。

「彼女が作った物を、粗末になさらないでください」

フィンセントも、エリデも、唖然としてそちらを見る。

一瞬、ジーナだと思った。

だが、視線を向けた先には、彼女とは似ても似つかない地味な女が立っていた。フィンセントは失望した顔をする。それは怒りに変わったらしく、彼女に大股で歩み寄った。

「雑用人の分際で、この私に指図をするな！」

フィンセントは彼女を乱暴に突き飛ばす。彼女はよろめいて、倒れかかる。それを誰かの手が支えた。

少女の後ろから現れたのは、シストだった。彼は苦い表情でフィンセントを睨み付けている。

「……女に手をあげてんじゃねぇよ」

「シスト……！　お前……」

フィンセントは忌々しそうにシストを見ると、

「王家の面汚し――落ちこぼれめが。お前には、そのようなみすぼらしい女がお似合いだ」

そう言って、踵を返す。すれちがう瞬間、アマレッティをエリデに押し付けた。

「不要だ。私が欲しいのはこれではない」

聞いたこともない冷たい声で告げる。

エリデは愕然として、立ち尽くした。

(どうして……？　ゲテモノを作るジーナより、私の料理の方が美味しいに決まっているのに！)

泣きたいような気持ちが膨れ上がる。エリデはその場から駆け出した。

◆

二人がいなくなると、ジーナはシストと向かい合った。

「助けていただき、ありがとうございます」

「は？　たまたま通りかかったところに、お前が倒れてきたんだ」

焦った様子でシストは言う。

（言い訳に無理がある……）

と、ジーナは思った。

「お前こそ、どういう神経をしている？　普通、あいつに言い返そうとするか？」

苦い口調で咎められて、ジーナはハッとする。

フィンセントとは顔を合わせたくもなかった。だから、彼の姿を見た時、すぐに踵を返そうとしたのだが……。

彼は、誰かの手製の菓子を投げようとしていた。その菓子が自分の菓子と重なった。

気が付けば、ジーナはフィンセントに声をかけていた。

しかし、それは軽率な行動だった。

ついこの間まで、彼はジーナの婚約者だった。フィンセントと会話をしても誰にも咎められない。だが、今のジーナは平民でただの雑用人だ。そんな女が王子に口答えするなんて、恐れ多すぎることだった。

「そういえば、私はただの食堂の下働きでした」

「は？」

ジーナがぽつりと漏らすと、シストは呆気にとられる。

それから、ふっ、と吹き出して、

「ふ……は……はは、……っ、変な奴」

笑われた。

その表情をジーナは不思議な気持ちで見つめる。

(怖い人かと思ったけど……)

その笑顔は少年らしさのある、明るいものだった。相変わらず、王子様らしくはなかったけれど。

「それより、ちょうどよかった。お前を捜していた」

「え……」

「こないだの丸いパニーニ……お前とぶつかった時、ランチボックスが入れ替わっただろ」

ジーナは硬直した。

何それ……。と、顔を青くしていく。

シストと衝突した後、ジーナはそのランチボックスを食べなかった。いつものようにベルヴァに与えたのだ。だから、中身が入れ替わっていたことに気付かなかった。

ジーナは顔を蒼白にすると、

「申し訳ございません……！」

「おい……どうした？」

「殿下にあのような粗末な代物を押し付けて……！　本当に、お詫びの言葉もありません……どのような罰でもお受けします」

「何を言っている！」

シストは焦ったように声を上げる。

「美味かった！」

「……え……？」

「ものすごく美味かったんだ。あれからずっと同じ物を探していた。だが、食堂には売ってなくて……お前、あれをどこで手に入れた？」

ジーナは硬直していた。

――何……何で……？

その言葉が頭の中で渦を巻いている。

――あんなひどい味の物が欲しいなんて……どうして？

――何のために、この人はあれを欲しているの？

その時、自分を嘲笑う声が聞こえて来た。

ジーナは腑に落ちた。

ああ、そうか。魔法科の生徒の間で、ジーナの料理は笑い話にされていた。だから、この人もきっと同じにちがいない。『ものすごく不味い料理！』と、仲間内で馬鹿にするために、あれを欲しがっているのだ。

「………すみません。お答えできません……っ」

「あ、おい！」

ジーナはその場から逃げ出した。耳の奥で嘲笑の声が渦を巻いていて、離れなかった。


少女が去った後、シストは顔をしかめていた。

「名前、聞きそびれた……」

ようやくあのランチボックスの手がかりにたどり着けたかと思ったのに。

なぜ彼女はあんなにも怯えていたのだろうか。

その時、シストは彼女の言葉を思い出す。

『私はただの食堂の下働き――』

確かにそう言っていた。ということは――

（食堂に行けば……）

◆

フィオリトゥラ王立学校では、魔法実技の授業がある。

三年生の授業は、いつも見学者であふれ返っていた。皆の目当ては第一王子フィンセントだ。

学校が始まって以来の大天才――フィンセントはそう呼ばれていた。彼の身に宿る魔力は膨大だった。建国王にして英雄王の『スフィーダ・フェリンガ』に匹敵するのではないかとささやかれているほどだ。

フィンセントが実技を披露する番になると、女生徒は一斉に目を輝かせた。

火属性・上級魔法『業火《クリムゾン・フレイム》』。辺りが火の海に呑まれる、豪快な攻撃呪文だ。消費魔力が大きいので、一般的な魔道士では一度撃つだけでせいいっぱいだった。

フィンセントはその魔法を十回以上連続で発動することができる。規格外の魔力量の持ち主だった。

「フィンセント殿下……今日も素敵」

と、周りからは感嘆の声が漏れる。

いつもだったら、フィンセントはその憧憬《しょうけい》の視線に酔いしれる。

しかし、彼はその時、軽いめまいを感じていた。足元がふらついて、頭を押さえる。

（またか……っ）

この症状は、魔力欠乏症の一歩手前に似ている。しかし、まだ上級魔法を三回しか使っていないのに、魔力が足りなくなるわけがない。

最近はそういうことが多かった。――ジーナが失踪してからだ。

なぜうまくいかないのか。フィンセントは苛立ちを覚えていた。

（最近、妙に調子が悪い……っ）

◆

エリデはしばらくショックで、何も手に付かなかった。

（なぜフィンセント様は、私のお菓子を気に入ってくださらなかったのかしら……）

空虚な思いが湧き起こる。

ゲテモノ料理より、よほど美味しくできていると思うのに。意味がわからない事態で混乱し、次第にエリデの中で怒りが湧き上がった。

エリデは怒りと混乱をぶつける対象が欲しかった。思い浮かんだのは、地味な娘の顔だ。

（それにしても、何なのあの女……）

フィンセントと自分の間に割って入った雑用人。

あの女の澄ました目は、ジーナを思い出させる物だった。すると、ジーナに馬鹿にされたように感じて、エリデは苛立った。

（平民の分際で、フィンセント様に馴れ馴れしく――）

彼女の凛とした眼差しが蘇る。

思い返せば、あの女――エリデのことを憐れんではいなかっただろうか。

（平民が、それもとびきり地味な容姿の女が……この私を見下しているというの？）

許せない、とエリデは思った。

あの女に思い知らせてやるのだ。どちらの立場が上なのかを――。

◆

その日の魔法実習の時間も思うように振るわず、フィンセントは苛立っていた。

「フィンセント様」

エリデが声をかけてくる。

「フィンセント様は最近、ご体調が優れないようですが……それは十日ほど前からのことではありませんか」

フィンセントは顔をしかめる。図星だった。だが、それを他人から指摘されることは、腹が立つ。

「それが何だというのだ」

フィンセントは素っ気なく告げて、彼女に背を向ける。

「昨日、フィンセント様に声をかけてきた地味な雑用人がいましたね。彼女はここの食堂で働いているそうです。……ちょうど十日前からです」

フィンセントはハッとして、彼女を振り返る。エリデは微笑して続けた。

「これは偶然の一致なのでしょうか。それとも……。フィンセント様。最近、食堂で召し上がられている食事に、何か違和感を覚えたことはございませんか」

フィンセントは手を震わせて、口元を押さえる。

フィンセントの調子が悪くなったのは十日前――ジーナがいなくなった直後だ。それからフィンセントは何を食べても満足できなかった。

思い返せば、その頃から食堂で食べる食事も、やたらと味気ないように感じていた。

「何だと。つまり、あの女が……。私の食事に、毒でも盛っているというのか！」

そう考えれば、何もかもつじつまが合う。

自分の不調はあの女のせいだったのか――。

フィンセントは暗い怒りを瞳にたぎらせる。その眼前では、エリデがほくそ笑んでいた。

◆

「ジーナさん、昼休憩に行ってらっしゃい」

「……はい」

エマに声をかけられて、ジーナは食堂を後にする。

ランチボックスを手に外階段を下っていた。

フィオリトゥラ王立学校は縦に長い構造となっている。全体像は山沿いに建てられた城のような外観をしている。中層部に位置するのが食堂。それを挟んで、普通科と魔法科の校舎が左右に構えている。食堂から外階段を下って、下層に向かうと寮がある。

建物の狭間に作られた長い階段を、ジーナは下っていた。

外廊下の上には、本校舎の一部がアーチ状にかかっている。日が遮られ、薄暗い空間だった。

そこを通り抜けようとした、その時だ。

目の前に誰かが立ちふさがった。

「その食事を見せろ」

ジーナは硬直した。相手はフィンセントだった。冷たい眼差しでジーナを見据えている。

その雰囲気と声に、ジーナは震える。

（何……？　何で……？　もしかして、私の正体が、ばれた……？）

ということは、この食事を奪ったフィンセントがすることは……。

また罵倒される。料理をけなされる。

その恐怖でジーナの心は凍り付く。咄嗟にランチボックスを背中に隠した。

「何だ。見せられないというのか？　まさか……」

フィンセントの瞳に激高が宿る。

「やはり、貴様が私に毒を盛っていたのか！」

「あ……っ」

フィンセントに乱暴に突き飛ばされて、ジーナは尻もちをついた。その拍子にランチボックスが転がっていく。蓋が開いて、中身が飛び出した。

その料理を――フィンセントは、踏み潰そうと足を上げる。

以前のジーナであれば、「やめてください」と、毅然と対応できただろう。しかし、フィンセントを前にした途端、ジーナの体は凍り付いていた。

心臓が、指先が冷えていく。体が動かない。

ジーナは目を見開いて、その瞬間を見つめていた。

今では料理が楽しいとは思えないが、それはジーナが早朝から手間をかけて作った物だ。

それを目の前で潰されたらきっと……今度こそ、ジーナの心も一緒に踏み潰される。

見たくないのに目を逸らすことができない。

ジーナが声にならない悲鳴を心で轟《とどろ》かせた——その時。

「てめえ、何してんだよ！」

割りこんだ声。ジーナの前に誰かが飛び出した。そして、フィンセントの頬を殴りつけた。

（シスト、殿下……？）

ジーナの体はまだ震えている。青い顔でその名を呟いた。

フィンセントは唖然として、殴られた頬をさする。

「なっ……お前……！　私の顔に何てことを……！　たとえ同じ王家の血を引いていようと、許されることではないぞ！」

シストはその視線を、据わった瞳で受け止める。

「誰かがせっかく作った食事を踏み潰そうとは、どういう神経してんだよ」

「その者は、私の食事に毒を盛ったのだ！」

「は？　毒……？　って、これは……」

シストは床に落ちた丸いパニーニを見る。そして、目を見開いた。

彼はしゃがみこむと、ためらいなくそれを口にする。

「そんな、殿下……！」

ジーナは蒼白となり、フィンセントは「おえ……」と、えずく素振りを見せる。シストは平然と料理を咀嚼すると、

「毒なんて盛られてない。これでわかったか？」

「お前……正気か？」

心から嘲るような顔で、フィンセントは口を開く。

「床に落ちた物を口にしようとは……まるで犬のようではないか。つくづく王家の恥さらしめが」

と、鼻で笑う。

「そして、この私に対する無礼……必ず償いはしてもらうぞ」

フィンセントはそう言い置いて去っていく。

シストは、フィンセントの言葉がまったく響いていない様子で、しれっと顔を背ける。立ち上がると、ジーナへと手を伸ばした。

「大丈夫か？」

「え、……はい」

迷ったが、ジーナはその手を借りることにした。

「ありがとうございます……」

「いや。これはお前のか？　フィンセントに妙な言いがかりをつけられていたから、勝手に食べてしまったが」

「あ……」

ジーナはハッとして、

「申し訳ありません……！　それは私の方で処分しますので……」

「なっ……捨てるつもりか⁉　捨てるくらいなら俺がもらう」

「え……？　で……殿下！　おやめください！」

あろうことか――シストはまた、パニーニを口に運んだ。ジーナは半ばパニックに陥った。

フィンセントに散々けなされた料理。きっと味はひどいにちがいない。それも床に落ちた物だ。

そんなものを第二王子に食べさせるわけにはいかない。

しかし、ジーナの必死の制止も虚しく、シストはそれを食べてしまった。

口に含むと、味わうように咀嚼して、

「これだ。ずっと探してたんだ」

シストは嬉しそうな声を出す。そして、ジーナの顔を見て、とろけるような笑みを浮かべた。

「やはり美味いな。すごく美味い」

「え……」

ジーナは呆然と立ち尽くした。

彼がこれを欲しがっていたのは、自分を馬鹿にするためではなかったのか。

もう捨てるしかないと思っていた料理を食べてくれた。そして、馬鹿にすることもなく、『美味しい』と言ってくれた。

ジーナの胸が震え出す。熱いものが一気にこみ上げてきた。

『ああ……ひどい。これはひどい味だ』

フィンセントの呪いの言葉を打ち消すように、

『すごく美味い』

シストの言葉が染み渡る。マヒしていた心がゆっくりと動き出したかのように、どくんと心臓の音が鳴る。

こみ上げてきた感情に呑みこまれて、ジーナは、

「…………っ」

静かに涙を零した。

すると、その様子にシストがぎょっとして、

「なっ……！　なぜ泣く⁉」

おろおろとし出すのだった。


その夜、ジーナは自室で呆然としていた。胸の辺りがまだほんのりと温かい。

「ベルヴァ……」

ベルヴァはベッドのそばで、ふわふわとあくびをしている。そんな呑気な子犬にジーナは話しかけた。

「私の作ったパニーニ、美味しいって言ってくれる人がいた」

お世辞であんなことができるとは思えない。ジーナを馬鹿にするためにあんなことをするとも思えない。彼は本当に――ジーナの料理を美味しいと思ってくれているのではないのか。

ジーナはベッドの上で膝を抱えると、

「……信じても……いいのかな……」

まだ不安に揺れる瞳を、そっと閉じるのだった。


「昨日のパニーニは、どこで手に入る。いい加減に教えろ」

次の日、ジーナが昼休憩をとろうと食堂を出ると、そこにシストが待ち構えていた。刺々しい雰囲気だが、今のジーナには怖いとは思えない。その苛立ちには焦りが含まれていることがわかるからだ。

つまり、それだけジーナの料理を欲しているのだ。

ジーナは視線をさ迷わせる。静かに答えた。

「私が、作りました」

「なっ……そうだったのか」

シストは目を見張ると、

「あれはすごく美味かった。タダでとは言わない。お前が価格を決めてくれて構わないから……売ってはもらえないか？」

「……はい」

「本当か？　いいのか⁉」

　途端に目をパッと輝かせる。無邪気な少年のように喜ぶ様に、ジーナは内心で驚いた。

「殿下も……そのような表情をされるのですね」

「は？　お前に言われたくはないが……」

　ジーナは相変わらずの無表情で、淡々とした喋り方だ。シストは途端に仏頂面に戻って、話を続ける。

「それと、殿下と呼ばれるのは好かない。名前で呼んでくれないか」

「え？　私の身分では……」

「構わない」

　平民が一国の王子をファーストネームで呼ぶことは、ジーナの常識からすればはばかられることだった。しかし、シストに鋭い視線を向けられて、仕方なく頷く。

「わかりました……シスト様」

「お前の名は？　何という」

「ジーナです」

「ジーナだと？　――ジーナ・エメリアと同じ名前か」

　ジーナは押し黙った。肯定も否定もせずに目を伏せる。

　呼ばれた時、咄嗟に反応できなければ困るので、名前は変えなかったのだ。見た目も身分も異なっているから、同一人物と気付かれることはないと思うけど……。

　シストの顔をそっと窺う。彼の表情に、ジーナはハッとした。

シストは険しい表情で目を細めていた。まるで、嫌なことを思い出しているかのような面持ちだ。

ジーナの中で去年の記憶が蘇る。自分とフィンセントの婚約が決まった後のことだ。ジーナは王宮でシストとすれちがい、挨拶をした。しかし、彼は険しい表情でジーナを一瞥すると、吐き捨てるように言ったのだ。

『……今は、お前と話したくない』

刺々しい雰囲気だった。それ以降、ジーナも彼のことが苦手で、関わらないようにしていたのだった。自分はシストに嫌われているのだと思った。

その時のことを思い出して、ジーナの胸はずきんと痛んだ。

◆

（ジーナか……。そういえば、未だに行方が見つかってないと……）

そのことを思い出して、シストは苦い気持ちに陥る。

ジーナ・エメリアが失踪したのは今から十日前のことだった。そのことを知った時、シストは動揺した。

その足ですぐさまフィンセントの下に向かった。

『なぜ、エメリア嬢はいなくなった？　あの噂が原因じゃないのか？』

シストは噂話のことを思い出して、険しい表情を浮かべていた。

――ゲテモノ作りのジーナ・エメリア。

魔法科の生徒の間でそんな噂が広まっていることを知って、シストは腹立たしかった。ジーナの料理がまずいはずがないのに……。誰がそんな噂を流したのだろう。

彼女の料理をけなして、笑いものにしている男子生徒を目撃した時は許せなかった。彼らと言い争いになって、殴ってしまったこともある。そのせいで、しばらく停学処分を受けたこともあるが、彼は後悔していなかった。

それよりも、ジーナ・エメリアを馬鹿にする連中のことが許せなかったのだ。

シストの追及に、フィンセントは忌々しそうな顔をすると、

『ジーナは私の婚約者だぞ。お前が口出しをするな！』

シストは奥歯を噛みしめて、立ち尽くしていた。悔しいが、何一つ言い返せなかった。そこまでの無念に打ちのめされたのは、一年前の婚約発表の時以来だった。

彼女のことを思い出して、シストの心臓は鋭い痛みを訴える。

ジーナと同名の娘をシストは眺めた。冷めた表情や話し方は、少し彼女に似ている気もするが……。見た目は似ても似つかない。

（公爵家の娘が、こんなところで下働きをしているわけがないか）

シストはそう思い直すのだった。

◆

それからというもの、昼休みの時間になると、シストはジーナの下を訪れるようになった。

ジーナは昼食を三人分作った。ベルヴァとシスト、そして自分の分だ。作っているうちに何だか「美味しそうだな……」と思えて、自分も食べたくなってきた。その感覚自体が久しぶりのことだった。

ジーナにとって予想外だったことが二つあった。一つはシストが出したお代が高額すぎることだった。ジーナは必死で辞退した。でも、シストがなかなか譲らないので、「適正料金以上をもらったら、食堂の人に怒られる」ということで、何とかその価格内に収めてもらった。代わりに「必要な物があれば、何でも用意するから言ってくれ」と告げられた。

そして、もう一つ驚いたことは──

「今日はブルスケッタか。……ん、美味い」

シストは普段、不愛想な方だが、食事をとっている間は幸せそうに顔を綻ばせる。それをジーナは間近から見ていた。

ジーナの手元にも同じブルスケッタがある。

──二人は昼食を共にするようになっていた。

ジーナはシストにランチボックスを渡して、自分も昼食に向かおうとしたのだが、シストに呼び止められた。「どこで昼食をとっている？」と聞かれ、寮に戻ることを話せば「遠い」と驚かれる。それはジーナも思っていたことだった。毎回、長い階段を上り下りするのは大変だ。

しかし、他に昼食をとれる場所はなかった。従業員用の休憩スペースは狭いし、この学校の生徒ではないので食堂や中庭は利用しづらい。

シストに「来い」と素っ気なく促され――たどり着いたのは、校舎裏だった。山肌が庇《ひさし》のように空中に突き出た構造をしている。その上に作られた空中庭園だ。花壇や樹木、ガゼボが美しく配置されている。

山の中層に位置しているので、見晴らしもいい。ガゼボからはルリジオンの街並みを一望できる。学校の喧騒から離れて、澄み切った静謐《せいひつ》さに満ちていた。

こんなに美しい場所なのに閑散としている。生徒たちがシストを恐れて近寄らないからだろう。それはつまり、シストが普段から使っている特別な場所ということであり――自分が足を踏み入れていいものかと、ジーナは迷った。それをシストは別の理由と勘違いしたらしく、「フィンセントはここには来ないから安心しろ」と、言うのだった。

それからというもの、そこで昼食をとるのが日課になっている。

シストはジーナの作った料理をすべて「美味い」と褒めちぎった。その上、普段は浮かべないような笑顔を見せるのだから、本当にそう思ってくれていることがわかる。

そんな姿を見ていると、ジーナも食欲が湧いてきて、自分の分に口を付ける。

完熟トマトを載せたブルスケッタだ。オリーブやバジルの香りが口いっぱいに広がる。

（……美味しい…………）

自然とそう思うことができた。フィンセントとのお茶会はいつも胃が痛くなることばかりだった。自分で作る物も美味しいのかそうでないのかわからなくなっていたのに。

二日目の昼食が終わった後、

「……これを」

シストが仏頂面で何かを差し出してくる。ジーナは目を丸くした。それはあかぎれ用の軟膏だった。

「よろしいのですか。こんな高価そうなお薬を……」

「たまたま部屋にあった不用品だ」

シストはつれなく言うが。

ジーナは知っている。昨日、食事を共にした時に、彼がジーナの手を見ていたことを。

（フィンセント様は……こういうのを気にかけてくださったことはなかった）

揚げ菓子を作る時に、指に火傷を負ってしまったことがある。フィンセントはそれに気付くと、

「私のために頑張ってくれているんだね」と満足そうではあったが、ジーナを気遣ってくれることはなかった。

シストは料理についても聞いてきた。「これはどうやって作る？」と。ジーナが作り方を説明して、「ナッツもいいけれど、ぶどうがあれば」と話した。シストはその時は素っ気ない様子で聞いていたのに、次の日になると、ぶどうを持って来て、遠慮するジーナに押し付けるのだった。

彼と接するうちに、ジーナはシストのことを怖いとはまったく思わなくなった。そのうち、彼との食事の時間を楽しみにするようになった。

そうして、一週間が経った時のこと。

いつものように空中庭園で食事をとっていたら、足音が聞こえてくる。そちらを振り返り、ジーナは顔をこわばらせた。やって来たのはフィンセントだった。

シストが険しい表情で立ち上がり、

「お前、まだ妙な疑いを持っているのか？」

「用があるのはお前だ、シスト」

フィンセントは冷ややかな声音で告げる。

「先日の私への無礼を清算してもらおう。――お前に、魔法決闘を申しこむ」

その単語に、ジーナもシストも目を見張った。

魔法決闘――それは純粋な魔法のみを用いて決闘を行う。敗北者は勝利者の要求を呑まなければならない。この学校では、事前に申請を出し、両者の合意が認められた場合、執行を許可される。

「そんな……」

ジーナは顔を引きつらせた。先日の騒動で、シストはジーナを庇うためにフィンセントを殴ったのだ。つまり自分のせいではないか。

この学校での決闘には、厳格なルールが定められている。そのうちの一つに、『両者の合意が必須』というものがある。

「シスト様……っ」

ジーナはシストを振り返った。「辞退してください」と続けようとした直後、

「俺に喧嘩を売るということだな」

シストが挑発的に言い返したので、ジーナは驚愕した。

「魔法決闘は魔法のみで勝敗をつける。物理攻撃が禁止されていることは、いくら落ちこぼれのお前とて知っているはずだ。決闘は明日の朝。——逃げることは許さないぞ、シスト」

フィンセントは淡々と告げ、去っていく。彼の姿が見えなくなると、ジーナは慌てて言った。

「シスト様、今からでも遅くはありません。決闘は辞退なさってください」

「今さら逃げ出すなんて、みっともない真似ができるか」

シストは険しい表情で告げる。少し迷うように口をつぐんでから、

「明日は、見に来るなよ」

「なぜですか」

「来るな」

「シスト様……」

強い口調で告げられて、ジーナは言葉を失う。

◆

(まさかすんなりと了承するとは……。やはり王族の血を引いているとは思えないほどの愚か者だ)

フィオリトゥラ王立学校は全寮制だ。王族であっても例外はない。

フィンセントはベッドに腰かけて、明日の決闘のことについて考える。

――相手はあの落ちこぼれの弟。シストだ。

シストは昔から身体能力に優れていたので、物理的な喧嘩にはめっぽう強かった。しかし、明日の魔法決闘では物理攻撃は禁止されている。魔法のみの勝負であれば、自分が負ける道理がない。

フィンセントはそっと頬に触れる。先日の痛みを思い出し、怒りが噴出した。

（この私の顔を殴ったこと……後悔させてやる）

◆

一方、シストもまた、自室で明日の決闘について思いを巡らせていた。

フィンセントが自分のことをよく思っていないことは知っていたが……まさか決闘を申しこんでくるとは。

シストは苦い気持ちで思った。

フィンセントはこの学校で一番の実力者だ。一年ほど前から急激に才覚を伸ばし、教師からも『百年に一人の天才』と称えられている。

魔法は魔力を消費して行使する。その魔力量がフィンセントは膨大だった。一方でシストは運動神経こそいいものの、魔法の才能がさっぱりなかった。

フェリンガ王国の子供は、六歳になると魔力測定を行う。シストの結果は散々なものだった。

平均的な数値を遥かに下回っていた。

魔力量は訓練により伸ばすことができる。実際、フィンセントは一年前から魔力が増大した。だから、シストも毎日のように魔法を使って、魔力の増加を図った。

結果は――悲惨なものだった。

魔力量がこれっぽっちも伸びなかったのだ。いくら魔法を使っても、夜な夜な自主訓練に暮れようとも。教師たちも首をひねった。「これは百年に一度の鈍才かもしれない……」彼らは陰でシストのことをそう呼んだ。

シストはやがて学校の授業をさぼるようになった。そのせいでますます「不良」と蔑まれるようになった。

周りは皆、自分のことを見限っている。だが、自分で自分のことを、まだ見限りたくはない。シストはそう思っていた。

授業に出ない代わりに、シストは魔力量を上げる方法を調べ、自主訓練を積んでいた。魔力を伸ばすには、魔法を使うことが一番のようだ。それを目的とするなら、講義に耳を傾けるより、ひたすら魔法を使った方が有意義だ。

（とはいえ……結局、成果は何も出てないんだが……）

シストはやるせない思いを吐き出した。

優秀な兄フィンセント。落ちこぼれの弟シスト。両者の決闘――結果は火を見るよりも明らかだ。

考えていても仕方ない、とシストは割り切る。決闘はもう承諾してしまったのだから、今はできることをするだけだ。

シストの魔法属性は『風』。もっとも魔力消費が少ない『風弾《エア・ショット》』しか使えなかった。それもシストの場合、一回撃てば魔力が切れる。

シストは精神を集中させて、詠唱を始める。

『風弾《エア・ショット》』。起動成功。小さな風の塊が飛んでいく。

（…………ん？）

いつもならここでめまいがする。魔力欠乏症を起こして、立っていられなくなるのだ。

シストは自分の両手を見下ろす。開いて、閉じて、まだ余力が残っていることを確認した。

『風弾《エア・ショット》』二発目。起動成功。

「…………は？」

シストは思わず、声を漏らして、目をぱちくりさせた。

……余力は、まだある。

『風弾《エア・ショット》』三発目。起動成功。

どうなってる……⁉　シストは驚愕した。

ずっと、ずっと……気が遠くなるくらい長い年月、訓練してきて、それで今まで何の成果も出なかったのに。

なぜ、今になって急に……？

その日、シストは人生で初めて、魔法を三回連続で発動できた。

◆

決闘当日の朝。ジーナは早起きしていた。

（シスト様は、決闘を見に来るなと言っていたけれど……）

彼はジーナを庇うために、フィンセントを殴ったのだ。それなのに当事者である自分が、見て見ぬふりをすることなんてできない。

――何か、私にもできることはないかな。

居てもたってもいられず、ジーナはお仕着せ服をまとって、食堂へと向かう。そして、菓子を作り始めた。

（……シスト様が今日の決闘で怪我をなさいませんように）

その願いをこめながら生地を練っていく。焼き上げたのは、カネストレッツリだった。マーガレットの花のような形をしたクッキーだ。

それをバスケットに詰めて、ジーナは学生寮へと向かった。

木陰でシストがやって来るのを待つ。やがて、シストが寮の入り口から顔を出すと、彼は目を丸くしていた。

「シスト様。差し入れです」

ジーナはバスケットをおずおずと差し出す。

「来るなって言っただろうが……」

と、シストは気まずそうに目を細めている。

ジーナはぐっとバスケットの持ち手を握りしめる。ただの菓子が――それもフィンセントには散々、『美味しくない』とけなされていた菓子が、決闘には何の役にも立たないことはわかっている。それでも、ジーナはシストのために何かしたかった。

「シスト様は、私の料理を『美味しい』と召し上がってくださいました。それに私の心がどれだけ救われたか……。だから……」

美味しいと認めてもらえたこと。本当に美味しそうな様子で、自分の料理を食べてもらえたこと。そのことを思い出すと、心がぽっと温かくなる。

その温かさに、凍り付いていた感情が溶け出していく。ジーナは小さな笑みを口元に乗せて、シストを見上げた。

「あなたの応援をさせてください。あなたが勝つと信じています」

シストは目を見張る。ジーナの顔をまじまじと見つめてから――ハッとして、顔を逸らした。

バスケットを受けとると、

「カネストレッリ……俺の好物だ」

クッキーを一枚、とり出す。朝日を浴びて、黄金色をまとっていた。それを口に含み、彼は柔らかくほほ笑んだ。

「……美味いな」

優しげな声と、笑顔で、告げられた言葉。それがジーナの胸にじんわりと染み渡るのだった。

試合場は、学校の高層——山の頂上に当たる部分に設置されている。魔法訓練で生徒同士が戦う時に使用される場所だった。

早朝にもかかわらず、多くの生徒がそこに押し寄せていた。王子同士の決闘は学校中の噂となっていた。

シストは試合場の階段に足を乗せる。不安で見守るジーナに、小さく告げた。

「お前のために勝つ」

「え……？」

本人も言ってから、ハッとなっている。わずかに赤くなりながら、言い訳のように続けた。

「あ、いや、だから今のは……つまり、フィンセントの鼻を明かしてやるということだ。お前も、あいつに料理を踏みつけられそうになって、腹が立っているだろ！　その心を晴らしてやると言っている。つまり、お前のためではない！」

それはつまり、『ジーナのため』と言ってないだろうか。

（言い訳になってないような……？）

シストは顔を背けると、残りの階段を一息で越えた。

試合場では、すでにフィンセントが待ち構えていた。

「よく逃げなかった、と称えてやらなければならないだろう」

と、高慢に言い放つ。

「それとも、互いの実力差を測れないほどの痴れ者が、私の弟であることを嘆くべきなのか」

「決闘を俺に申しこんできたのはあんただろ。あんたも、その実力差ってやつを測れていなかったってことか？」

シストの反撃に、フィンセントは苛立った様子で眉をひくつかせる。

「ああ……お前に王家の血が半分でも流れているのかと思うと、虫唾《むしず》が走る……！　英雄王『スフィーダ』の火の守護さえ受け継いでいないお前が」

うるさい、とばかりに目を細めるシスト。制服の上着を脱ぎ捨て、フィンセントと対峙した。

「さっさと始めるぞ。あんたが勝ったら、俺に何を要求する？」

「この学校では決闘のルールについて厳格に定められている。勝者が敗者に要求できる事柄についてもだ。本来なら退学処分にでもしてやりたいところだが。――先日、デムーロ教授がデフダ遺跡への同行者を募っていた。私が勝ったら、お前はそれに志願しろ」

そして、シストを憐れむように冷笑する。

「初級魔法すらまともに扱えないお前には少々、過酷かもしれないが……」

「それなら、俺の要求も同じだ。俺が勝ったら、あんたがそれについていけ。……しばらくあんたの顔を見ないで済むなんて、最高だな」

フィンセントは目を見張る。顔を真っ赤に染めて、激昂した。

「まさか本気でこの私に勝てるつもりでいるのか……⁉　落ちこぼれのお前が、この私に……！」

一方、シストは冷めた目でフィンセントを見ている。

審判を務める教師が、声を上げげた。

「これより、両者による魔法決闘を始めます」

二人の王子は、互いに闘志をこめた視線を交える。

緊張が伝わって、観客たちも口をつぐんだ。静寂が辺りを包みこむ。

（シスト様……）

試合場を見上げながら、ジーナは手を握りしめていた。

一呼吸の間。緊迫した空気が流れる。

その直後、フィンセントが動いた。彼が選択したのは、『紅蓮弾《スター・フレア》』。

魔法には四つの属性が存在する——火、水、風、土。その中でも火属性は、もっとも攻撃に特化した魔法だった。

火属性の最上級魔法が容赦なく炸裂。大量に生み出された火炎球が、流星のごとく試合場に降り注いだ。

ジーナは、ひゅっ、と息を呑む。恐怖で全身が凍り付いていた。

（あんな攻撃……当たったら、死んじゃう……！）

周囲からも小さく悲鳴が漏れた。

空中に生み出された無数の火炎弾。あれを避けることは不可能だ――誰もがそう思った。

――直後。

シストは軽やかに床を蹴り上げた。炎の弾幕を器用にかいくぐる。次々と降り注ぐ弾を正確に見切って、その隙間をくぐり抜ける。それは人間離れした反射神経と、身体能力だった。

観客から漏れていた諦観のため息は、すぐさま感嘆の声に変わった。最後の火炎球を避け切って、シストが試合場に着地する。

すると、観客たちは一斉に拍手を送った。

「すごい……！」

「かっこいい！」

と、賞賛の声が上がる。

ジーナは詰めていた息を、ふうと吐き出した。安堵のあまり、へたりこみそうになった。

「おのれ、ちょこまかと……！」

フィンセントが忌々しそうに吐き捨てる。観客がシストの動きを褒めたことが、癪に障ったようだ。

「いい気になるなよ、落ちこぼれが……！　私とお前の格の違いを思い知らせてくれる！」

フィンセントが次の詠唱に入る。

火属性・上級魔法『業火《クリムゾン・フレイム》』。次の瞬間、試合場は火の海に呑まれた。

ジーナの心臓が縮まる。恐怖のあまり、泣きそうになっていた。

決闘の観戦が、こんなに心臓に悪い物だとは知らなかった。こんなことはもうやめてほしいと願う。

（…………シスト様）

ジーナは、きゅ、と手を握りしめる。

◆

盛り上がる試合場。固唾を呑む観客。

それより遥かに高みの――校舎屋上にて。

突然、一匹の犬が現れた。空間転移魔法だ。その犬は首を伸ばして、試合場を覗きこむ。

（おー、やってるやってる。まさかこんなおもしろいもんを見れるとはな。あの娘に引っ付いてきて大正解♪）

と、楽しそうにしっぽを振っていた。

黒犬――ベルヴァはしばらく試合を観戦していたが、不意に目をつぶる。魔力を解き放ち、魔法を行使した。

上級魔法『魔力測定』。

ベルヴァの視界は失われる。暗闇の中で――無数の赤い物がうごめいた。多くは試合場の周囲に集まっている。

魔力の流れを測定する魔法だ。魔力が多い者ほど、濃い色で、大きく描写される。

赤いモヤが二つ。試合場で動き回っていた。片方はフィンセント。周囲の人間よりも、濃い赤色で映し出されている。

（ま、そこそこってとこか。……けど、あの王子様、百年に一度の大天才とかって言われてなかったか？）

ベルヴァは、ふ、と馬鹿にしたように笑う。

フィンセントの魔力は一般的な魔道士の平均よりは多いが……特筆すべきものではない。それにすさまじい勢いで魔力が減っていっている。あんな風に上級魔法を立て続けに放ったら、即座に魔力切れを起こすだろう。

（あの王子様、本来の力だけなら、あんなものか。さーて、もう一人は、っと）

ベルヴァは集中して、試合場の魔力の流れを探る。

そして——驚愕した。

（なっ……）

シストの中を渦巻く魔力は、一見すれば小さい。平均よりも低い値だ。だが、よく見れば、それは——

（何だ、あの小僧……何者だ⁉）

ベルヴァも見たことがないほど、特異なものだった。

◆

ジーナは今朝、菓子を作りながら祈っていた。その願いを再度、胸の内で呟く。

(シスト様が、怪我をしませんように……!)

炎の波がシストの眼前に迫る。その体を呑みこもうとした、直後。

シストは床に風魔法を撃ちこんだ。その勢いを利用して、上空へと。軽やかに炎の海を越える。床を滑って着地を決めた。

一気にフィンセントとの距離を詰めたのだ。

「おお……!?」

感嘆の声で会場が沸く。

これまた常人からは考えられない身体能力であった。床を蹴り上げる脚力、上空で体の平衡を保つバランス力——いや、たとえそれらの能力が備わっていたのだとしても、あれだけの高さから落ちたら普通はただでは済まない。

しかし、シストは着地と同時に平然と動いている。フィンセントに掌を向けて、詠唱を始めていた。

フィンセントは、ぎょっとした顔で後ずさる。焦った様子ですぐさま詠唱を始めた。

フィンセントが唱えたのは、先ほどと同じ呪文——『業火《クリムゾン・フレイム》』。

詠唱を終えたのは、二人同時のタイミングだった。

だが——

フィンセントの手からは、何も発生しない。魔法が不発に終わったのだ。それは彼にとっても予想外のことだったらしい。フィンセントは驚愕の表情で目を見開く。

次の瞬間、風魔法がフィンセントに襲いかかった。

中級魔法『暴風《ブラスト・ウインド》』。

上空へと旋回する風が発生する。フィンセントの体は突き上げられて、地面へと叩きつけられた。

フィンセントは手をつき、立ち上がろうとしている。しかし、めまいを起こしているのか、ふらついた。再度、地面に崩れ落ちる。

「勝者――シスト・フェリンガ！」

教師が高らかに叫ぶ。

しんと辺りは静まり返った。観客は声を失くしていた。その試合は、誰もが予想外の結果に終わった。

ジーナは今度こそ、安堵《あんど》のあまりその場にへたりこんでいた。

皆が唖然として立ち尽くす中――もっとも目を丸くしていたのは、シスト本人だった。

（何だ……今の力……?）

彼は驚いて、手を握ったり開いたりする。体の底から湧き上がるような不思議な力――そのおかげで、全身に魔力が満ちている。

（中級魔法なんて……初めて使った）

シストがその魔法の起動に成功したのは、生まれて初めてのことだった。

◆

ジーナは床にへたりこんで、深呼吸をくり返していた。泣きそうな表情で思う。

(よかった……シスト様……)

フィンセントの魔法にはどれも殺気がこめられていた。だから、試合の間、シストの身に何かあったらと思うと、ジーナは気が気ではなかった。

と、その時。

「この決闘は無効だ!」

フィンセントが立ち上がり、喚き始める。

「私がこんな落ちこぼれに負けるわけがない! そうだ、こいつが何か不正を働いたにちがいない!」

「……やめなさい、フィンセントくん」

冷静に諭したのは立ち会いをしていた教師だ。この学校では、生徒の身分に関わりなく教師が指導を行うという決まりになっている。

そのため、第一王子であるフィンセントの行いも堂々と咎めている。

「これだけの立会人がいる中で、不正を働くことは不可能だ。君の負けだ」

「そんな……なぜ、私が……! この私が、お前なんかに……!」

「遺跡の調査、気を付けて行ってくれよ」

しれっと返してから、シストは上着を拾い上げる。それを肩にかけ、フィンセントに背を向けた。

試合場の階段を下りて、ジーナの下にやって来ると、

「見てたか？　ジーナ！　俺が勝った」

「はい」

ジーナは泣きそうになりながらも、頬を緩める。自然と口元がほころんでいた。こんな風に笑みを浮かべることができたのは、久しぶりのことだった。

「おめでとうございます、シスト様」

その笑顔を目に映し、シストは固まる。わずかに赤くなって、顔を逸らした。

「ジーナのおかげだ」

「そんな、私は何も……」

ジーナが告げようとした、その時。

「なんだと……？」

試合場から、愕然とした声が上がる。フィンセントが驚いた様子で、ジーナのことを見ていた。

「その女……ジーナというのか……？」

閑話　カネストレッリの思い出

シスト・フェリンガは生まれながら、兄フィンセントと大きな区別をつけられていた。

物心ついた頃には、シストはそのことを嫌というほど実感することになった。王妃はフィンセントのことは溺愛しているのに、自分のことは蛇蝎《だかつ》のごとく嫌っていた。使用人がおべっかを使うのはいつもフィンセントの方で、シストとは一歩引いた態度で接していた。

「なぜ陛下はあの子を王宮に住まわせているのだろう……修道院にでも送ってしまえばいいのに」

誰かが叩いた陰口を、シストは耳にした。

自分が王妃の子ではないと知ったのは、その頃だった。

王はシストの母親が誰かを明かしていないのだという。だから、王宮ではシストは、「王が娼婦に産ませた子」ということになっていた。

フェリンガ王国の王位継承権は、『英雄王スフィーダ・フェリンガの血を引き、魔道士として力がもっとも優れている者』に与えられる。そのため、シストも一応は王位継承権を得られる立ち位置だった。母親が不明でも、フェリンガの血を引いているからだ。

しかし、魔力測定を行った六歳の時、シストは更に絶望を覚えることになる。兄の時は『魔道士としてやや優秀』という判定だった。一方で、シストは魔力がほとんどなかった。

それも、属性が「風」だった。

魔法の基本属性は四つだ。火、水、土、風。それ以外にも「聖」属性という珍しい能力を持つ者もいるが、基本はその四つに分類される。

魔道士が使える属性は生まれながら決まっていて、親の力を受け継ぐのが一般的だ。もし、属性の異なる魔道士同士が子を成した場合は、より力の強い方を受け継ぐ。

英雄王『スフィーダ・フェリンガ』の属性は「火」だった。そのため、フェリンガ王家は代々、「火」の家系だ。

だが、シストの属性は「風」。

その時、王宮では様々な議論が湧き起こったという。「シストが王家の血を引いていないのではないか！」と、王妃一派は騒ぎ立てた。現王は動じずに、「シストが自分の子である」と主張。

しかし、王妃は納得しなかった。

折衷案として、シストは王宮を追い出され、寮のある学校に入れられることになった。

ジーナ・エメリアと出会ったのは、その時のことだった。

王宮を追い出されることが決まって、シストは中庭で一人、うずくまっていた。この世界には誰も自分の味方がいないのだと思っていた。

『……大丈夫？』

その時、一人の少女が声をかけてきた。大人びた面立ちの少女だった。

『これ、たべる？』

彼女はお菓子の袋を手にしていた。それをシストに与えた。

カネストレッツリだ。少し不格好なマーガレットの形。

素朴なバターの味がした。ホッと安心できるような甘みだった。

『美味しい』

先ほどまで泣いていたことを忘れて、シストは笑った。すると、少女も小さく笑い返した。ドキッとするほど、美しいほほ笑みだった。

その時の味と、笑顔が、シストは忘れられないでいた。

通常の王侯貴族は、十五歳になるまでは家庭教師などをつけ、自宅で勉強をする。その後、王立学校に通うことになっている。

しかし、シストは六歳から王宮を追い出され、庶民が通うような学校に放りこまれた。そこでいろいろと揉まれたため、口調や雰囲気が王族とは思えないような砕けたものになった。

そして――シストが十五歳になった時。彼はようやくフィンセントと同じ、フィオリトゥラ王立学校に通うことを許可された。そして、一時、王宮へと帰ってきたシストは、彼女と再会を果たすのだった。

（あの時の……彼女だ）

シストはあの時の少女が公爵令嬢のジーナ・エメリアであることを知った。しかし、彼女は自分が第二王子であることに気付いていないだろう。フィンセントとちがって、シストはあまり社交界に出たことがなかった。

シストは目を輝かせて、ジーナに話しかけようとした。

その直前、フィンセントがその前に割りこんだ。

「不躾な目を向けないでもらえるか。彼女は私の婚約者だ」

「なっ……」

シストは目を見開いて、硬直する。

「明日、婚約発表のパーティが開かれる。ああ、だが、お前は参加しない方がいいだろうな。平民と変わらぬ生活をしていた薄汚いお前には、縁のない場所だ」

フィンセントは馬鹿にしたように鼻で笑う。その顔にはありありと優越感が浮かんでいた。

彼は去る間際、こう付け加えた。

「心配するな。——彼女は、私が幸せにする」

シストは途方もない敗北感に打ちひしがれ、その場に立ち尽くした。

◆

(そういえば……)

オーブンを覗きこんで、ジーナは昔の記憶を思い出していた。花の形のクッキーが焼き上がろうとしている。室内には甘い香りが満ちていた。

オーブンを開けて、焼き具合を確認する。

その形を眺めていると、あの時の光景が浮かんだ。

菓子作りは令嬢の嗜みだ。だから、幼い頃からジーナも菓子作りを学んだ。いや、学ばされていた。

昔のジーナは菓子作りが苦手だった。繊細な作業が求められるし、少しでも計量がずれたら味が変わってしまう。失敗ばかりをくり返して、お菓子作りの授業が嫌になっていた。

そんなある日。父に連れられて訪れた王宮で。

ジーナはある少年に出会った。彼は一人で泣いていた。何があったのかはわからないけど、どうにかして元気付けたい。と、ジーナはその日の授業で作ったカネストレッリを渡した。

少年はそれを一口食べて、ふわっとほほ笑む。とろけるような笑顔で言った。

『――美味しい』

すると、ジーナの胸に温かいものがあふれて――ジーナも思わず笑顔になった。

(私がお菓子を作るのを好きになれたのって……あの時からだった)

そのことを思い出して、ジーナは小さくほほ笑む。カネストレッリを包みながら、あの時の男の子は今どうしているだろうか、と思いを馳せるのだった。

第二章　話せない聖女

――王子同士で決闘が行われる。


その情報を耳にした時、聖女クレリアは『好都合だ』と思った。生徒は皆、そちらに向かうだろう。だから、今朝は誰にも邪魔されずに、静かな時間を過ごすことができる。

フィオリトゥラ王立学校の頂上部にある教会。その中にクレリアの部屋はあった。柔らかな朝日が室内を照らしている。窓際の椅子に腰かけて、クレリアは読書をしていた。

だが、そんな平和な時間は長続きしなかった。

「聖女クレリア！」

慌ただしい足音と共に、扉が開かれる。クレリアは椅子から立ち上がった。

室内に入ってきた人物を見て、彼女は驚いた。

相手がこの国の第一王子――フィンセント・フェリンガだったからだ。彼は一人の少女に肩を支えられている。そちらの顔にも見覚えがある。男爵令嬢のエリデ・ヘルツだ。

クレリアは服のポケットに忍ばせている手帳をとり出した。文字を書き始めるが、それを待ってくれるほど二人は寛容な人物ではなかったらしい。甲高い女の声が飛ぶ。

「フィンセント様は怪我をされているの！　すぐに治しなさい！」

クレリアはハッとして、顔を上げる。そして、おろおろとフィンセントを見た。

確かに彼は全身に擦り傷を負っている。

ということは――決闘に敗北したのは、フィンセントの方なのか？

その疑問が表情に出てしまったらしい。フィンセントは顔をしかめて、怒鳴り散らした。

「余計なことを考える暇があるのなら、その分、働け！　次期王の私が命令を下しているのだぞ！　お前たち民は、即座に私の要求に応えるのだ！」

クレリアはあわあわと困り果てる。それから何度も頷いて、承諾の意を示した。

クレリアは指を絡ませて、祈りの姿勢をとる。目を閉じ、息を吸いこんだ。彼女の周囲は、清涼とした空気に包まれる。

聖女――その役職が様になる、神々しい立ち姿だった。

だが、彼女の口から零れ落ちたのは、耳を疑うような濁音だった。クレリアは歌声に魔力を乗せて、『歌詠魔法』を行使する。その声は濁りきっている。少女というよりも、枯れた老婆が出すような、ひどいダミ声だ。

その歌声で、フィンセントの傷は綺麗に治っていく。

しかし、フィンセントとエリデは感謝するどころか――思い切り、吹き出した。

「これが『聖女の奇跡』!?　ああ、いつ聞いても汚らしい声だ……！」

「何てひどい声！　お腹の中にヒキガエルでも飼っているのかと思ったわ！」

彼らは馬鹿にするように笑い転げている。

クレリアは、カーッと顔を赤く染めた。

そして、その部屋を飛び出した。嘲笑の声は廊下にまで響いている。

『君は声に魔力をこめることができる。その才能は特別なもので、常に発揮されている。声質が変化してしまったのは、君の魔力が声に影響を与えるせいだろう。残念だけど、その声はもう治らないよ』

王宮魔道士に言われた言葉が、彼女の脳裏に蘇る。

『質のいい魔力を得ることができれば、その限りではないけれど』

それから、クレリアは魔力を得る方法を模索した。

だけど、魔法に関わる本を何冊も読んで、その方法はないのだと理解した。魔力は人間の体が生み出すものだからだ。使えば減る。休めば回復する。それ以外に魔力を得る方法はない。

（もう嫌……こんな声……！）

歌う度に笑われる。馬鹿にされる。そんな自分を消し去ってしまいたいと、クレリアは思うのだった。

◆

（ジーナか……）

フィンセントは学校の廊下を歩きながら、思いにふけっていた。

先日の決闘では散々な目に遭った。しかし、シストの勝利は『まぐれである』とフィンセントは考えていた。

——なぜなら、あの時の私は不調に陥っていたからだ。

本来の実力が発揮できていれば、あんな落ちこぼれに負けるはずがない。だから、フィンセントの中で、すでにあの試合はなかったものとして扱われていた。

それより、彼が気になっているのは雑用人の女だった。彼女の名前はジーナというらしい。腹立たしいことに、ジーナ・エメリアと同名だ。

見た目は似ても似つかないのに。あの美しいジーナと同名とは酷なことだ、とフィンセントは思っていた。

どうやらシストが決闘を受けたのは、あの女のためだったようだが……。

（ふん……さすが落ちこぼれは、女の趣味も悪いな）

フィンセントは鼻で笑った。考えているうちに、研究室にたどり着く。

「ああ、待っていたよ、フィンセントくん！　学校一の秀才の君が、私の研究を手伝ってくれるとは、光栄だよ」

中から顔を出したのは、バルド・デムーロという教師だった。メガネをかけて、冴えない見目をしている。

フィンセントは内心で苦い感情を抱きながら、表面上はにこやかに応対した。この学校では教師の立場の方が上なのだ。

（私が王位を継いだ折には、その規則を変更し、私に不快な思いをさせた教師は皆、クビにして

やろう）

フィンセントは密かに企んでいた。

「はい。デフダ遺跡への同行でしたね」

「しかし、大丈夫かな？　いや、君の実力は私も知っているけど……デフダ遺跡はねぇ、危ない魔物がたーくさん、うようよとしているよ？　本当に第一王子の君に手伝ってもらってもいいのかな？」

「お任せください。教授も私の成績は知っているでしょう」

フィンセントはほほ笑みながら、その実、眉をひくひくと震わせていた。

──百年に一度の大天才と謳われる私を、侮辱するつもりか！

遺跡の調査なんて余裕に決まっている。魔力量が規格外であると言われている、自分の実力があれば。

即座に終わらせて、学校に戻って来る。そして、その後は……。

（あれで終わりと思うなよ、シスト……。お前には必ず落とし前をつけてやる）

フィンセントは暗い決意を胸に抱いていた。

◆

王子同士の決闘について、知らせは学校中を駆け巡った。『勝ったのはシスト』──その情報に生徒はもちろん、教師陣も驚愕していたという。

その日は朝から、ジーナは上機嫌だった。

学校のいたるところで、昨日の決闘のことが話題になっている。食堂の従業員もその話を口にしていた。シストを褒め称える声が聞こえてくると、ジーナは自分が褒められたかのように嬉しかった。

「あら？　珍しい」

料理長のエマが振り返って、目を丸くする。

「いいことでもあったのかい？　顔、緩んでるよ」

「……いいえ。何でもありません」

と、クールな面持ちをわずかに緩めて――ジーナは皿洗いを続けた。


昼休みの時間となる。ジーナはいつもより大きなバスケットを抱えていた。

（少し……作りすぎたかな？）

中身はすべて今日の昼食だった。朝は早くに目が覚めて、次々と料理を作った。

シストがフィンセントに勝利したお祝いだ。この料理を見せたら、シストは喜んでくれるだろうか。また「美味しい」と褒めてくれるだろうか。

それを想像すると胸が弾んで、作る手が止まらなかった。早く空中庭園に向かおう。と、ジーナは中庭を抜ける。

その時だった。

「ええー、いいじゃないですかぁ。シスト様。お願いしますぅ」

やたらと甘ったるい声が聞こえてくる。

ジーナは、はたと足を止めた。

視線の先では令嬢が集まっている。魔法科の生徒も、普通科の生徒も混ざっていた。皆は頬を染め、目を輝かせて、中心部を見つめている。

囲まれているのはシストだった。

「シスト様と話したいことがあるんです。ぜひ、私とお昼を一緒に……」

と、甘ったるい声を上げているのは、ジーナも見覚えのある少女だ。

普通科二年。同じクラスメイトだったカーラ・シモーネだ。身分は伯爵令嬢。桃色のふわふわ髪に童顔が特徴的だ。背の高いジーナとは異なり、小柄で華奢な体格をしている。うるうるの瞳をよく上目遣いにして、男子生徒を見つめている。

シストがカーラに親しげに話しかけられている様子を目にして、ジーナは、ぴきっと固まった。

――昨日の決闘は、女子生徒の間でも話題だった。シストの並外れた身体能力は目を引いたし、かっこよかった。女子がそう話していたのを、ジーナは耳にしていた。その話を聞いた時は嬉しかったのに。

こうして、目の当たりにしてみると、なぜか……。

ジーナは湧き出た気持ちを振り払おうとする。

（これは、いいことなんだから、喜ばないと……。シスト様は今まで皆に誤解されていた。本当は怖くなんてないし、優しいし……）

そのよさがようやく皆に伝わったのだ。だから、喜ばないといけない。

その時、カーラがシストへと手を伸ばした。自然とその腕に触れようとするのを目にして、ジーナは「え⁉」と焦る。

「ねぇ、シスト様ぁ……」

しかし、その直後。

「気安く呼ぶな」

シストはその手を振り払った。冷たい声で言い放つ。

「俺はお前と話をするつもりはない。どけ」

鋭い目付きだった。その眼光に押されて、令嬢たちが後ずさる。

――と、その時、シストが顔を上げる。ジーナと目が合った。

途端、

「ジーナ」

氷点下だった面差しはとろけた。シストは他の令嬢たちには目もくれずに、こちらにやって来る。

「今日は昼休みが待ち遠しかった」

優しげにほほ笑まれて、ジーナの胸がドキリと跳ねる。「それ、重いだろう」とバスケットを持たれ、ジーナは気付いた。

（あ……そっか。楽しみにしていたのは、お昼ご飯の方よね）

と、自分を納得させるのだった。

シストが先に歩き出したので、その後に続く。ちらりと振り返ると、令嬢たちが悔しそうな表情でジーナを睨んでいた。

「誰？」「雑用人じゃない？」「何であんな子と……？」

ひそひそ声が聞こえてくる。中でもカーラは一際険しい表情で、ジーナを睨み付けていた。ジーナはその視線から逃れるように顔を逸らし、シストを追いかけた。


その日から、校内でシストを見かける度に、彼は令嬢に声をかけられていた。特にカーラの姿は何度も見かけることになった。

甘ったるい声で、幾度もシストを茶会に誘っている。

（……今日も、他の人と話してるのかな）

空中庭園に向かいながら、ジーナは目を伏せていた。

シストの令嬢たちへの態度は一貫している。迷惑そうな顔で対応していることが多かった。

しかし、シストが他の令嬢と一緒にいる光景を目にすると、ジーナの胸はもやもやとする。

今のジーナは平民だ。対して、シストを狙っているのは身分のしっかりとした令嬢たちだった。

それも、地味な姿に変わっているジーナよりも、ずっと綺麗な女性ばかりだ。

そのうちの一人を、シストが気に入ってしまったら……。

シストはジーナの料理を気に入っている。しかし、彼が好きなのは料理だけで、ジーナと昼食を共にする必要性は感じていないのかもしれない。

ということは、いずれジーナから昼食だけを受けとって、それを他の令嬢と食べるようになるのだろうか……。

その光景を想像して、ジーナはバスケットをぎゅっと握りしめた。

校舎裏を抜けようとした、その時だった。

「あら、返してほしいの？　なら、そう言ってくださる？」

響いてきたのは、意地の悪い声。

「筆談じゃ何を言っているかわからないわぁ〜、ほら、赤ちゃんだって、泣いて、要求は自分の口で伝えるのよ？　言ってみなさい？」

校舎の裏側からだ。不穏な空気にジーナは足を止める。そして、物陰からそちらを窺った。

ゴミ捨て場がある一画だ。生徒たちは立ち寄らない場所なので、閑散としている。

女生徒が誰かを壁際に追いつめている。追いつめられているのは金髪の少女だった。一方、彼女を見下げて、悦に入った表情を浮かべているのは桃色の髪の少女だ。彼女は手に何かを掲げている。

「あら、大変。手が滑ってしまったわ」

わざとらしく言って、それをゴミ捨て場につっこんだ。ジーナは眉根を寄せる。彼女が捨てたのはランチボックスだった。金髪の少女はショックを受けた顔で、ランチボックスを凝視している。


――それが誰であろうと、料理を粗末にする人間は許せない。

ジーナは口を開いていた。

「やめなさい」

その言葉で、女生徒が一斉に振り返る。皆、見覚えがある顔だった。

その中心人物らしき女生徒は、

（カーラさん……？）

カーラとはクラスメイトだったので、交流がある。彼女はよくジーナに声をかけてきていた。

「わぁ～、ジーナさまの今日の髪型、素敵ですぅ～！」と、やたらと甘い声で言うのだった。

しかし、今のジーナの姿では、カーラには気付いてもらえない。彼女は険しい表情でジーナを睨み付けた。

「は？　あなた、雑用人よね。というか、嫌だわぁ～、あなたの格好も顔も、地味すぎて」

「カーラさん、言い過ぎですわ～！」

「あら、ごめんなさい。私って、本当のことをつい言ってしまうのよね……」

カーラは頬に手を添えて、ふぅ、とため息を吐いた。

「でも、本当のことだから。ごめんなさいねぇ？」

ジーナは面食らって、口をつぐむ。その様子に令嬢たちはくすくすと笑った。彼女たちはジーナがショックを受けて黙りこんだと思ったようだが……。

ジーナはただ、驚いていただけだった。カーラの態度があまりにちがいすぎることに。

(人によって態度を変えるという噂を聞いたことはあるけど……ここまであからさまなのね)

ジーナは内心でため息を吐く。そして、淡々と告げた。

「……人の見た目や立場で態度を変えるあなたの方が、よっぽど醜いと思いますが」

「な……っ!?」

カーラは顔を真っ赤に染め、喚き始める。

「何ですって……!?　この地味ブス女が！」

周りの令嬢も追従して、「そうよそうよ！」と頷いている。

ジーナはそれを冷めた目付きで眺めていた。

その時、たん、と何かの影が飛び降りてきた。それはジーナとカーラの間に割って入る。

ジーナは目を丸くし、令嬢たちは「ひっ!?」と顔を引きつらせた。

黒犬――ベルヴァだ。ここ数日でまた体が成長していた。子犬から中型犬への移行期といったところか。ベルヴァは唸り声を上げて、カーラに牙を剥く。

「な……何なのこの犬!?」

カーラたちは怯えた様子で後ずさる。そこに「わん！」勢いよくベルヴァが吠え立てた。

カーラたちは飛び上がり、蜘蛛《くも》の子を散らすように逃げていった。

「……ベルヴァ」

ジーナが声をかけると、ベルヴァがくるりと振り返る。しっぽを振って、じゃれついて来た。

その頭を撫でて、ジーナは「ありがとう」と礼を言う。ベルヴァはぴょんぴょんと飛び跳ねて、ジーナの持っているバスケットに顔を近付ける。しっぽをぶんぶん、鼻をひくひく。

その様子でジーナは気付いた。

「もしかして、お昼、足りなかった？」

まるで「そうです！」と肯定するように、ベルヴァはしっぽを振り回す。ジーナはバスケットからグバーナをとり出した。木の実やレモンの皮のすりおろしを入れて、焼いたパンである。

「これも食べて。明日は量を増やすね」

パンをぱくりとくわえて、ベルヴァは嬉しそうにその場で回る。くるくる。楽しそうにしっぽを振って、走り去った。

ジーナは金髪の少女と向き直る。

「大丈夫ですか？」

小柄で可愛らしい雰囲気の少女だ。彼女は目が合うと、慌てた様子で立ち上がる。手帳をとり出して、何かを書き始めた。

『ありがとうございます』

と、紙をこちらに向ける。小さくて、遠慮がちな文字だった。

「いいえ。そういえば……それ、あなたの昼食？」

ゴミ箱に捨てられたランチボックスを見る。蓋が開いて、中身がぶちまけられている。

少女はしょんぼりとした顔で、手帳を掲げる。

『そうです』

ジーナは「……そう」と、静かに息を吐いた。

持っていたバスケットを掲げると、

「今日、お昼を作りすぎたの。あなたの口に合うかはわからないけど……、一緒にどうですか？」

その言葉に、少女は目を丸くした。


遠慮する少女を連れて、ジーナは庭園に向かう。途中、筆談で話して、彼女の名前がクレリアということを知った。

（この子が……聖女だったのね）

と、ジーナはそこで気付いた。

珍しい歌詠魔法の使い手。彼女の歌は傷を癒す力があるという。そして、その力のせいで声質が変わってしまったらしい。

彼女はその声で話すのが恥ずかしいようで、先ほどから一言も喋らない。

クレリアと一緒に空中庭園で待っていると、シストがやって来た。ジーナは彼女を連れてきた経緯を説明する。

「それで、今日のお昼は彼女と一緒でもいいでしょうか……？」

ジーナのお願いに、シストは戸惑ったように固まっている。目を細めて、何かを呟いた。

「せっかく……きりだったのに」

「え？」

その顔を覗きこむと、シストはハッとして、

「あ……いや。何でもない。構わない」

と、頷くのだった。

すると、ジーナの背中でクレリアが驚いたように息を呑む。つんつん、とつつかれて、ジーナは振り返った。

クレリアは表情が豊かな方らしい。顔全体で「驚愕！」を表現しながら、

『殿下とご一緒するんですか⁉』

と、文字を掲げていた。

クレリアは「そんな恐れ多いことはできない」とばかりに及び腰だが、

「さっさと座れ。俺も腹が減っている」

シストがぶっきらぼうに告げたことで、拒否もできなくなって、ぎこちない動作で腰かけるのだった。

その様子を見て、ジーナは頬を緩める。一見、シストの態度は冷たくも見えるが、クレリアの

ためになったことがわかったからだった。

ジーナはバスケットから次々と料理をとり出して、テーブルに並べた。

グバーナ、肉の串焼き、アーティチョークとポテトのオムレツ、生ハムサラダ、リコッタのタルト――。大量の料理が机いっぱいに並べられる。

すると、シストは不愛想な表情を途端に緩めて、

「すごいな。どれも美味そうだ」

「シスト様がいつも美味しいと褒めてくださるので……。今日も作りすぎてしまいました」

「……俺のため、か？」

と、目を逸らして、わずかに赤くなっている。

クレリアは椅子に座った体勢で、固まっていた。しかし、その視線は料理に釘付けになっている。

「クレリアさんも、どうぞ。お口に合えばいいけれど……」

クレリアはハッとして、先ほど手帳に書いた文字を掲げる。

『ありがとうございます』

それだけじゃ伝わらないと思ったのか、大きく頭を下げた。

クレリアがまず手を伸ばしたのは――牛肉の串焼きだった。ジーナは目を丸くして、その様子を観察する。

肉を串に刺して、ローリエとオリーブオイルで香り付けをした料理だ。噛めば、口の中に肉汁

がじゅわっと広がる。

　クレリアのような華奢で儚い少女が、それに一番に手を伸ばすのは、何だか意外である。

　それも、食べ方がそこそこ豪快だった。串を両手に持って、肉を頬張り、もっきゅもっきゅと小動物のように頬を膨らませている。シストも手を止めて、クレリアの食べっぷりに唖然としている。

　二人の視線に気付いて、クレリアが肉から口を離す。『何ですか!?』という顔をしていた。

「いや……意外と豪快だな」

　シストの言葉に、クレリアはショックを受けた顔をする。

　ジーナは笑ってしまった。

「ふふ……もっと食べてくださいね」

　シストはオムレツに手を伸ばす。ジーナの今日の自信作だ。通常のオムレツとは異なり、中央に具材を載せ、それを巻くように卵液を流しこんだ。ドーナツ型に膨らんだ卵は、ぷっくり、ふるふると、見た目からも美味しそうな食感が伝わってくる。

　具材はアーティチョークとポテトを使っている。

　オムレツを口に含んで、シストはパッと目を輝かせた。

「美味い。いつも美味いが、今日のは最高に美味いな」

「シスト様の好きなタルトもありますよ。おとりしましょうか？」

「ああ、頼む」

肉に夢中になっていたクレリアが、そこでハッとした顔をする。手帳をとり出して、何かを書きこんだ。

『もしかして、私はお邪魔だったのでは……？』

その文字に、二人は首を傾げる。

クレリアは手帳を自分の方に向け、更に文字を書き足す。

『おふたりは、恋人同士……？』

ジーナは目を丸くする。騒がしくなった心臓を気取られないように、ぐっと唇を引き結んだ。

それから「いいえ」と答える。

「私の身分では、シスト様と釣り合いません。だから、そういうことはありえません」

それは自分に言い聞かせるための言葉だった。今のジーナは平民だ。だから、シストとの仲を勘違いされたら、彼の品位を落とすことになる。それだけは避けなければならなかった。

クレリアは焦った様子で、紙に字を書く。

『そうだったのですか。かんちがい、すみません。ところでジーナさま』

「……はい？」

クレリアはせっせと字を書き足すと、それを、どんと掲げた。

そこに威勢よく書かれていた文字は――

『お肉、美味しいです！』

先ほどよりも文字が弾んでいることがわかる。紙からはみ出さんばかりの大きな主張だった。

ジーナは目を丸くしてから――肩を震わせて、吹き出した。

「ふ……ふふ。たくさん食べて。それと、私のことはジーナって呼んでくれる？」

クレリアは目を輝かせる。そして、初めて笑顔を見せてくれるのだった。


和やかに笑顔を交わす、二人の少女。

その一方で――第二王子が愕然としていたことには、誰も気付かなかった。

（……ありえない……？　ありえない…………？）

シストはジーナの先ほどの言葉を、何度も反芻《はんすう》していた。

◆

カーラ・シモーネは唖然としていた。

視線の先には、信じられない光景が広がっている。

第二王子シスト・フェリンガが、誰かと一緒に歩いている。片方は雑用人の女。そして、もう一人は聖女クレリア。

「今日の昼食も美味かった。ありがとう」

聞こえてきた会話に、カーラは目を剥いた。シストはあの女たちと昼食を共にしていたのか。

――私からの誘いは、断ったくせに！

つい先日まで、カーラはシストのことを気にも留めていなかった。いくら王族でも、王位継承権がないに等しいからだ。王宮でも冷遇されているようだし、媚びを売る利点がない。

だが、彼がフィンセントに決闘で勝ってから、考えを改めていた。

よく見れば、見た目もシストの方が好みだった。フィンセントはよく言えば優男、悪く言えばなよなよとして見える。それも時折、自分に酔ったような面があるのがイマイチだ。

一方で、シストは毅然とした立ち姿が男らしい。少し近寄りがたい雰囲気だが、動作に荒々しさはなく、所々に高貴な生まれであることを漂わせている。

——というか、私、こっちの方が男としては好みだわ。

カーラは気付いた。それ以降、シストに全力ですり寄ってみたのだが、結果は惨敗。シストの態度が冷たすぎて、取り付く島もない。

それなのに、

(何なの、あの女……)

カーラは据わった目付きで、雑用人を見る。格好もみすぼらしいし、顔立ちだってパッとしない。序列をつけるまでもない。カーラの基準からすれば、論外の女だった。

そんな自分よりも数段劣っている女が——第二王子と仲良くしているなんて、許せない。

カーラは制服の裾を、きつく握りしめていた。

◆

それからというもの、ジーナはクレリアとも昼食を共にするようになった。クレリアは特殊な力を持ってはいるが、生まれは平民だ。そのため、ジーナも気負うことなく接することができた。

数日が経つ頃には、互いに「ジーナ」「クレリア」と呼び合う関係になっていた。

クレリアも、ジーナの料理を『美味しい!』と褒めちぎってくれた。声は出せないので、『すごい!』『美味しい!』『好き!』と書かれた紙を何度も掲げてくれる。彼女の好物は、肉の入ったガッツリとした料理らしく、ジーナは気合を入れて肉を焼いた。

昼休みの時間を、ジーナはますます楽しみにするようになった。

「クレリア」

食堂を後にして、外廊下を歩く。その途中でクレリアの姿を見つけ、ジーナは声をかける。

クレリアは小走りでやって来る。そして、『お腹、空いてます!』と書かれた文字を勢いよく掲げた。

一番にその言葉を見せられたことで、「よっぽどお腹が空いているのね……!」と思って、ジーナは小さく笑う。

「今日も焼いて来たよ。——お肉」

と、両手でバスケットを掲げる。すると、クレリアはパッと目を輝かせて、ぴょんぴょんとその場で跳ねた。

二人は並んで歩いて、いつもの庭園に向かう。

突然、誰かが立ちはだかった。

「……少し、いいかしら?」

ジーナは息を呑む。その隣でクレリアが険しい表情をした。

相手が、カーラ・シモーネとその取り巻きだったからだ。

カーラは扇で口元を隠して、ふふ、と笑う。

「まあ、そんなに警戒なさらないで。先日のことでしたら、お詫びします。私たちも悪いことをしてしまったわ。……って、ね？」

カーラが周りに目配せをする。と、他の令嬢たちも頷いた。

ジーナもクレリアも警戒を解かずに、相手の出方を待つ。カーラの声には明らかな愉悦の感情が含まれていた。

「お詫びのしるしに、ぜひ、あなた方をお茶会に招待したいの」

ジーナは静かに相手の顔を見つめる。

そして、その意図を察した。そういうことね、と納得して、気が重くなる。こちらが拒否することは許されない。相手は貴族であり、ジーナたちは平民だ。それも、カーラはただ茶会に誘ってきているだけなのだ。

ジーナは内心で息を吐いて、覚悟を決める。

「お誘いいただきありがとうございます。シモーネ様。ぜひご参加させていただきたく存じます」

恭《うやうや》しく言って、カーテシーをした。

その動作にカーラたちは、ぴくりと眉を動かした。ジーナの礼が平民とは思えないほど流麗で、様になっていたからだろう。

カーラは忌々しそうに歪めた口元を、さっと扇で隠す。とりつくろうような口調で告げた。

「……そう。では、明日の午後一時。中庭でお待ちしておりますわ」

カーラはそう言い残して、去っていった。

つんつん、と肩をつつかれる。そちらを向くと、クレリアが蒼白になっていた。文字を書く余裕もないほど慌てているらしく、手を振って、何かを訴えている。

ジーナはその手を、ぎゅっと握りしめた。落ち着いた声で告げる。

「大丈夫。中庭なら人目があるから、あの人たちもひどいことはできない。……もっとも、彼女たちの目的は別のところにあるみたいだけど」

クレリアは目をぱちぱちと瞬かせる。そして、首を傾げた。

「明日は、堂々としていましょう」

ジーナの落ち着いた態度で、クレリアも冷静になれたようだ。ジーナの手を握り返して、強気な面持ちで頷くのだった。


寮室に帰ると、ジーナはベッドに腰かけた。

ふう、と息を吐く。明日のことを考えると、気が重かった。

「……ベルヴァ」

呼びかけると、ベルヴァは顔を上げる。ぴょんとベッドに飛び乗って、ジーナの隣におすわりした。

「明日は仕事が休みだけど……午後から出かけてくるね。お茶会に誘われたの」

くーん？　と、ベルヴァが首を傾げる。その無垢《むく》な瞳に安心して、ジーナは小さく笑った。

「お茶会に相応しい服も、お化粧品も、アクセサリーも……今は何にもない。私のお給料じゃ、そこまでそろえられないから……」

ベルヴァの背中をそっと撫でる。子犬のふわふわ毛から、毛質は少し固く変化していた。でも、毛並みはつややで、触っていると気持ちがいい。

「明日はきっと、彼女たちに馬鹿にされるでしょうね。……でも、我慢すればいいだけ」

ジーナは自分に言い聞かせる。覚悟を決めて、目をつぶった。

――その時だった。

『――あの王子に用意させればいいんじゃねえの？』

「そんなわけには……って、え？」

答えてから……ジーナはハッとした。目を開けて、室内を見渡す。

（今の……誰？）

確かに声が聞こえた気がしたけど。気のせいかな、とジーナは思った。

隣を見る。ベルヴァが、くあ……と、呑気な様子であくびをしていた。

◆

室内は暗闇に満ちていた。ベッドでは少女が寝息を立てている。

その脇で、黒犬は腹を伏せて、目をつぶっていた。

おもむろに、闇の中、黒い毛並みが動く。ベルヴァはしっぽをゆるく振って、目を開けた。

ベッド上へと視線を向ける。彼女が熟睡していることを確認すると、やれやれ、とベルヴァは首を振る。

「ったく……人に頼るのが下手な女だな」

かったるそうに体を持ち上げて、ベルヴァは歩き出す。

「仕方ねえか。力が戻るまで、ここでの暮らしを邪魔されたくねえし……」

器用に前足で、窓を開ける。そして、ベルヴァは闇の中に身を投げ出すのだった。


朝、シストは自室で目を丸くしていた。ドアの下に一枚の紙が差しこまれていたのだ。その紙には次のように書かれていた。

『ジーナぴんち。しきゅー、茶会のドレス。あと何かいろいろ。手はいしろ』

署名はない。いったい誰がこんな物を？　と、シストは首を傾げる。

その文章を何度も読み返してから――

「というか、ものすごく汚い字だな……！」

シストは思わず呟いた。

◆

その日は週に一度の休日だった。ジーナはいつもより遅い時間に起きて、朝食をとっていた。ドアをノックする音が響く。ジーナは目を丸くした。この部屋に誰かが訪ねてくるのは初めてのことだった。

ジーナは怪訝に思いながら扉を開く。その人物に、更に驚愕した。

「シスト様……？」

シストはいつもの仏頂面で、口を開く。

「今日、茶会に参加するのか？」

「え……？」

「なぜ、お前が貴族の社交の場に呼び出されたのか……。まあ、いい」

と、素っ気ない声で続ける。

「必要な物は、後でここに届く」

ジーナは固まっていた。なぜ茶会に参加することを彼が知っているのか。そして、自分のためにどうしてそこまでしてくれるのか……。わからずに、口をきゅっと引き結ぶ。

シストが去った後、扉が叩かれる。やって来たのはクレリアだった。彼女もきょとんとした顔をしている。これから何が起こるのか知らないらしい。

二人で戸惑っていると、更に来訪者が訪れた。それは仕立て屋だった。彼らは手際よく、室内に荷物を運びこむ。クローゼットハンガーがいくつも立てられ、そこにずらりとドレスが並んだ。

ジーナは困惑して、立ち尽くす。どれも一目で質のいいドレスであることがわかる。「とても受けとれない」と遠慮したが、そうすると、仕立て屋が困り果ててしまう。最終的には「殿下に怒られてしまうので！」と泣きそうになっていたので、ジーナはあくまで「借りるだけ」と強調して、ドレスを選ぶことにした。

いくつか手にとって見ているうちに……段々と楽しくなってきた。こんな機会は久しぶりだった。それも今は隣にクレリアがいる。彼女は不思議そうにドレスを眺めている。試しに一着を彼女の体に当ててみた。クレリアは照れくさそうに笑って、『どう？』とばかりに首を傾げる。ジーナはほほ笑んで、「似合ってる」と答えた。

すると、今度はクレリアが一着を選んで、ジーナの体に宛がう。

二人で一緒にドレスを選ぶのは、とても楽しかった。クレリアが『ジーナは落ち着いた色が似あう』と教えてくれたので、ジーナはライトブルーのドレスを選んだ。淡い色で花柄が上品に入っている。裾はふんわりとひろがり、華やかさもある。

ジーナが「クレリアには華やかな色が似あう」と言ったので、クレリアは薄ピンクのドレスを選んだ。クレリアは童顔なので、可愛すぎるデザインを着ると幼く見えてしまう。そのため、下は巻きスカートとなっている物にして、大人っぽく見せるスタイルだ。

ドレスを選び終えると、仕立て屋は荷物を片付けて去っていった。代わりに部屋の扉を叩いたのは、メイドたちだった。

ジーナたちは、ドレスを着付けられ、化粧を施され、髪もセットされた。ジーナもクレリアも恐縮しっぱなしだった。

『私じゃないみたい』

と、クレリアは文字を掲げる。何度も鏡に自分の姿を映しては、呆然としている。

その可憐さに、ジーナは息を呑む。

――元々、整った顔立ちをしていたが、ここまで変身するなんて。

クレリアは教会から派遣されてこの学校に常駐しているので、普段の格好は地味だ。

それが今は、化粧で目鼻立ちは更にぱっちりと変わり、髪型も華やかになっている。サイドの金髪を編みこみながら耳横に持っていき、ゆるくお団子に。残った髪は下ろして、ハーフアップのスタイルだ。

ジーナの姿もすっかりと変わっていた。地味でパッとしない面持ちが、化粧の効果で顔色がよく映る。それだけで明るく、可愛らしい雰囲気になっていた。

ジーナの栗色の髪は、編みこみながら一つにまとめてあった。ところどころに小さな花の飾りが付けられている。

そして、メイドが帰っていくと、最後にやって来たのはアクセサリー屋と靴屋だった。彼らが並べたのは、これまた一目で質がいいとわかる物ばかりだ。

――もうここまで来たら、拒否する方が難しい。

ジーナはやはり「借りるだけ」と強調して、選ぶことにした。それもクレリアとオススメし合いながら選んだので、とても楽しい時間だった。

こうして、二人は全身を完璧なコーディネートでまとめて、お茶会に向かった。

◆

（ふふ……いったいどんなみすぼらしい格好で来るのかしら♪　あの雑用人ったら）

カーラはにやにや笑いを抑えることができなかった。

ジーナのことは調べ上げている。食堂の雑用人だった。平民で、身寄りがないらしい。見るからに貧乏くさそうな女だし、化粧っ気もない。茶会に相応しいドレスなんて一着も持っていないだろう。

その一方で、カーラたちは完璧に着飾っている。午前の時間をめいいっぱい使って、風呂に入り、化粧をして、髪をセットしてきたのだ。

他の令嬢は、カーラの髪飾りに注目していた。

「カーラさん、その髪飾りって今話題の……」

「フェミュールの新作じゃありませんこと⁉」

「うふふふ、大したことありませんわよ」

フェミュールはフェリンガ王国でも今一番注目されている高級ブランドだ。もっとも安い物でも、庶民が半年は暮らせるほどの値が張る。

……髪飾りはそのブランドの中でも価格が安い部類に入る。本当はカーラも、他のアクセサリーが欲しかったのだが。どれだけねだっても、父が許可してくれたのはこの髪飾りだけだった。

とは言っても、ジーナのような貧乏人には手の出ない代物に間違いはない。

（あの女が必死に働いたところで……この髪飾り一つ、買うことはできないのね）

ジーナは平民だから、マナーだって散々なものだろう。そこでカーラが伯爵令嬢として完璧な所作を見せつけてやれば、あの女の面目は丸潰れである。

カーラは口元を扇で隠して、ほくそ笑む。

――早く来なさい。ジーナ。そして、私との差を知って、打ちひしがれるといいわ。

その時だった。

「お待たせいたしました。シモーネ様」

凛とした声が響く。カーラはほくそ笑みながら、そちらを向いて、

「…………は？」

――彼女は固まった。

ジーナとクレリアの姿は、頭の上から、足元まで。完璧だ。それも、

（この女のネックレス……！　フェミュールの新作じゃない……！）

カーラが父にねだっても買ってもらえなかった品である。

「本日はお招きいただき、ありがとうございます」

ジーナが完璧なカーテシーで挨拶をする。仕草まで文句の付けようがなかった。クレリアはジ

ーナの見よう見まねでやっているらしく、もたついているが、ジーナの方は慣れた様子なのである。

頭を下げる角度も、椅子に座る時の動作も。見ていて惚れ惚れとするほどに綺麗だった。

(何なの、この女……！　貧乏平民のくせに……！)

カーラの手元で、扇子がみしみしと鳴る。

カーラ専属のメイドが、皆にお茶を配り始めた。その香りだけで、ジーナは気付いたらしく、

「ペタロージュのオレンジピール入りの紅茶ですね。とてもいい香りです。シモーネ様は、紅茶を選ぶセンスも素敵です」

すると、令嬢の一人が驚いた様子で、

「まあ……香りだけで銘柄がおわかりになるの？」

と、言ったものだから、カーラの苛立ちは最高潮になった。彼女を一瞥して黙らせる。

扇子で口元を隠しながら、カーラは必死で反撃の手を考えていた。今のところ、ジーナの格好もマナーも完璧だ。ケチの付けようがない。何か、何かないのか。彼女を辱める言葉が。

……何も見つからない。

カーラは焦る。扇子を握る手に力がこもっていく。

(貧乏人のくせに……どこでこんないい物を手に入れたのよ!?　あ……そうか。そうだわ)

その時、カーラは閃いた。

「ジーナさん。ごめんなさいね。急なお誘いだったものだから。今日の準備のために、だいぶ無

理をされたのではなくて？」

「シモーネ様たちに比べれば、私は至りません。こちらも借り物ですので……」

「まあ！　そうだったのね。でも、そのためのお金を用意するのも、大変だったでしょう」

扇子の下で、カーラは口元をねっとりとつり上げる。

「まさか……そのために、淫らなお仕事をされてきたわけではありませんでしょう。あら、それとも平民だと、そういうこともよくあることなのかしら？」

ジーナは何も言わない。表情も変えずに、カーラの顔を見た。その様子は少しだけ面食らっているようにも見える。

その反応で、カーラはようやく留飲を下げることができた。ふふ、とほくそ笑む。

――その時だった。

ばん！

テーブルを叩く音。クレリアだ。顔を真っ赤にして、激高している。

「…………あや……て……ください……」

「…………え？」

小さな声だった。

だから、カーラは聞きとれなかった。そもそも、クレリアが口を開くこと自体がまったくの予想外だったので、理解が遅れた。

次の瞬間、横面を叩かれたのかと思うほど、激しい声が飛んできた。

「謝って、ください！　今の発言は、あんまりです！」

「え………」

「何てことを言うんですか⁉　ジーナに……私の友人に……私の友人を侮辱……あなたは、侮辱した！」

「あ……え……？」

「許せません！　いくらあなたが貴族であっても！　私は今の発言は、絶対に許しません！」

「え……あなた……声……？」

　カーラだけでない。他の令嬢も、ジーナまでも、唖然とした顔でクレリアを眺めている。その状況に気付いていないのは、クレリアただ一人だけだった。

　聖女クレリアの『ダミ声』。それはフィオリトゥラ王立学校では有名な話だった。しわがれた老婆のような、汚らしいカエルのような声。

　そのはずだったのに、

（これのどこがダミ声なの⁉　むしろものすごく……）

　カーラは呆気にとられる。その間に、クレリアは美しい声でまくしたてる。

「お茶会に誘ってきたのは、シモーネ様の方じゃないですか！　私やジーナがあなたに何か失礼を働きましたか⁉　それをあなたは……！」

「…………クレリア」

　ジーナが呆然と告げる。

「声……」

「え……？」

「声が……出てる……」

「ん………？」

クレリアは、不思議そうに首を傾げる。

それからハッとなって、自分の喉を触った。「あ……あー……」確かめるように声を出す。

「え……、あれ!?　あれ!?　ジーナ、私、声が出てる！」

「え……ええ」

「変な声じゃない！」

「……そうね」

「普通の声！　声だ！　喋れる！　私、喋れるー！」

クレリアは歓声を上げる。それからまたハッとなって、カーラと向き直った。

「あ……まだ話の途中でした！　どこまで話したっけ？　まあ、いいや。シモーネ様、先ほどの発言はあんまりです！　何てことを言うんですか!?　私の友人を侮辱して！　許せません！　いくらあなたが貴族であっても！　私は今の発言は、絶対に許しません！」

「それはさっきも聞きましたわ!?」

カーラは思わず叫び返してしまった。

「あれ、そうだっけ？　じゃあ、その続きからです！　お茶会に誘ってきたのは、シモーネ様の方じゃないですか！」

クレリアの勢いは止まらない。立て板に水を流す勢いで喋り続ける。カーラは奥歯を噛みしめ、

（誰が、物静かな聖女ですって⁉　この女……！）

と、クレリアを睨み付けた。

「私やジーナがあなたに何か失礼を働きましたか⁉」

「それもさっき聞きましたわ！　というか、うるさいうるさーい！　黙りなさい！」

「黙らなーい！　今日は絶対に、黙ってなんかやらないんだから！」

「この……何て口うるさい女なの⁉　だいたい、そんな高級品、貧乏人のあなた方が身に着けてもまったく似合わないわ！　さすが教養もなってない平民は、センスもないのね！」

と、カーラが苦し紛れの反撃をした、その時だった。

「…………センスが、ない？」

誰かの声が割りこんだ。

「それは、俺が手配した物だが？」

「え……？」

カーラはその声に顔面を蒼白にした。ぎこちない動作で振り返る。そこにはシストの姿があった。

シストはカーラを睨み付けている。そのあまりに冷たい視線に、カーラは震え上がった。

「し……シスト様……」

「気安く呼ぶなと言っている。何度目だ？　お前の頭は、記憶が定着しないな」

声まで氷点下の響きだ。

「それに、お前の振る舞いは伯爵令嬢として相応しくない。……ジーナを見習え」

そこでカーラは我に返った。クレリアに対抗するために、カーラは両手をテーブルについて、身を乗り出していた。背中を猫背にして、喚き散らしていたのだ。

ハッとして対面を見る。ジーナが澄ました顔で座っていた。背はぴんと伸びて、見惚れるほどに姿勢がいい。

「なっ……なっ……!?」

カーラは屈辱に顔を赤く染める。

——伯爵令嬢の私が、よりによって平民の雑用人を見習えですってぇ……!?

ジーナは不思議そうに首を傾げて、シストに話しかけている。

「シスト様、どうしてここに……？」

ともすれば不敬ともとれるほど親しげな態度だが、シストは当然のように受け入れている。

「そこの女に呼ばれた」

と、嫌そうにカーラを見る。

——そう。この場にシストを呼んだのは、他でもないカーラ自身なのだ。もちろん、自分とジーナの差を見せつけることで、彼の目を覚ましてあげようとしたのだが……。

目論見は完全に外れ、面目が丸潰れになったのは自分の方である。

（な……何で、私が名前で呼ぶことは許されなくて、この女は許されるの⁉　それも、あっちは『ジーナ』で、私は『そこの女』……⁉）

あまりの事態にカーラの脳内は混乱を極めた。その両サイドの令嬢がさりげなく自分から距離をとったことにも気付かない。

カーラが呆然自失としていると、シストが「おい」と刺々しく告げた。

「今後、ジーナと聖女に嫌がらせなんてしてみろ。俺が許さない」

「ひっ……⁉」

その眼光の激しさに、カーラは縮み上がる。声を出すこともできずに、はしたなく何度も首を振るのだった。


令嬢たちが去った後で、ジーナはシストに頭を下げる。

「シスト様。ありがとうございます」

「いや。お前も今後は、言いがかりをつけてくる奴がいれば、俺に言え。……って、ん……？」

そこでシストは目を丸くする。ジーナのことをじっと見つめた。ジーナも彼を見つめ返して、首を傾げる。

次の瞬間、シストは顔を真っ赤に染めて、口元を押さえた。

「か……可愛い」

思わず、といった様子で声が漏れる。

ジーナは目を瞬く。隣に座っている人物を見て、「ああ……」と納得した。

――今日のクレリアは、確かにとても可愛い、と。

◆

「ジーナー！　おっはよー！」

今日も元気に、その声は響く。ジーナが顔を上げると、視線の先でクレリアが両手をぶんぶんと振っていた。その姿に通りがかった生徒たちが愕然として、二度見……三度見をしている。

可憐な声を張り上げているのは、聖女クレリア。

つい先日まで彼女の『ダミ声』は有名だった。それが今やどうだろう。口を開けば、小鳥のさえずりのような愛らしい声が紡がれる。

それも、

「わ、今日もお肉だ。嬉しい！　私、ジーナの料理大好き！」

彼女はとてもよく口が回る。先日までの無口で神秘的な聖女のイメージはどこへ消えたのか。と、学校中の生徒が驚くのも無理はない。

「クレリア。この骨付きリブは一人、一つまでよ？」

「えー、それじゃあ足りないよー」

「だめ。お肉ばっかり食べてないで、野菜も食べなさい」

ジーナはそれほど口数が多い方ではない。しかし、なぜかクレリアとの会話は波長がぴたりと合って、楽しかった。というわけで、以前よりも二人は仲良くなっていた。

昼食では、クレリアはジーナのすぐ隣の席を確保する。そして、にこにこと楽しそうに話をする。

「……なぜ、そんなに喋る？　というか、どうして声が治ったんだ？」

と、シストが尋ねると、クレリアはきょとんとした顔をして、

「それが私にもよくわかりません！」

堂々と言い切った。

「あ、でも、ジーナと会ってから毎日が楽しくて、前向きになれたから……そのおかげかも？」

「そういえば、俺の魔力が増えたのもジーナと会ってからだな」

二人はジーナを見る。ジーナは表情を変えずに、わずかに頬を染めた。

「……やめてください。さすがに買いかぶりすぎです」

「え、うそ、ジーナ、照れてる？　可愛い！　とっても可愛い！　ですよね、殿下⁉」

「ああ。……あ、いや……」

と、そんな感じで。昼食の時間は、以前よりも更に賑やかになったのだった。


「え、買いとりだったんですか……？」

ジーナは唖然としていた。カーラとのお茶会が終わった後、服やアクセサリーの返却をどうし

たらいいのか、シストに相談していた。

するると、「あれは全部買いとったから、お前が持っておけ」と言われたのだ。

「でも、あんな高価な物をいただくわけには」

「今さら返されても困る。俺が着るわけにはいかないしな」

その場にいたクレリアがシストを見つめる。ぐっ、と親指を突き立てて、

「意外といいけますよ！」

「聖女は少し黙っておけ！」

ジーナは困りきって、口をつぐむ。

確かにどれも気に入っていたが……今の自分には不相応な代物ばかりだ。申し訳なさにジーナは身を縮める。

「お代はお支払いします。今すぐには難しいので、少しずつにはなりますが……」

「要らないと言っている」

シストはむっとした様子で、返してくる。

「……それとも、俺からの贈り物は受け取れないということか？」

「い……いいえ。そういうわけでは」

ジーナは困り果てた。

（きっとこういう時は、喜んだ方がいいのよね……そういう素直な態度の方が、皆からは好かれるのかもしれない）

その夜、自室で髪をとかしながら、ジーナは物思いにふけっていた。

（……私のこういうところが、フィンセント様も気に入らなかったのかも）

たまにフィンセントは言っていた。「君のそういうところは可愛げがないね」と。

ジーナは人に甘えることをよしとしない。幼い頃より、父にそう言い含められてきたからだ。公爵令嬢として扱ってもらい、尽くしてもらうことを、自分から望んではいけない。それでは誰もついてきてくれなくなってしまうよ、と。

今のジーナの立場は平民だ。だからなおさら、申し訳なく思ってしまう。

せめて、何かお返しがしたいな、とジーナは考えていた。しかし、得意の料理はいつもシストに振る舞っている。

それでは普段と同じだ。もっと特別な何かがいい。感謝の気持ちを伝えられる物を――。

というわけで、次の休日。

ジーナはクレリアと一緒に、ルリジオンの街へとやって来ていた。

大通りには画一的なデザインの建物が並んでいる。美しく統一感のある街並みだった。

「ジーナ、見て、これ！　素敵だよ」

ショーウィンドウを眺めて、クレリアははしゃいでいる。彼女は珍しい商品を見かける度に、嬉しそうに声を上げた。

一方、ジーナは値札を見る度に、落ちこんでいた。

「……私の給料じゃ、大した物は買えない」

「こういうのって、気持ちがこもっていれば何でもいいんじゃない？」

「けど」

相手は第二王子なのである。ジーナの給料で買える程度の物では、彼に相応しくない。ジーナは、きゅっと口を引き結ぶ。

するとクレリアは目を輝かせ、

「そうだ！　それなら、世界に一つしかない物をプレゼントすればいいんだよ」

「それって、何？」

「こっち来て！　あの辺にお店があったはず」

クレリアに引っ張られて、ジーナはいろいろな店を巡る。帰る頃には、必要な物を一通りそろえることができた。

それから、更に一週間が経った。

クレリアの部屋は教会の中にある。その扉をジーナはノックしていた。

「クレリア。これ、どう？」

と、持ってきた物を見せる。

クレリアは「わあ！」と目を輝かせてから、それを凝視して、「わ……わー……」と、今度は目を曇らせた。

ジーナが広げたのはハンカチだった。一週間かけて刺繍をした。黒い何かが、何かを、こう、何かしている。そんな刺繍絵ができあがっていた。

クレリアはしばらく押し黙ってから、明るい声で言った。

「うん。ステキ！　素敵だと思うよ！」

「……ほんとに？」

「うん！　ところで、わかってはいるから、これはただの答え合わせなんだけど、ジーナは何の刺繍をしたかったのかな？」

「ベルヴァ」

「あー、うん、うん。ベルヴァね〜私も昔、よくお絵描きしたよ！　翼を描くのが難しいんだよね」

「……ベルヴァは犬だけど」

ジーナはハンカチに視線を落として、ため息を吐く。

「私……昔からお料理ばかりだったから。それ以外のことはあまり得意じゃなくて」

「う……可愛い。ジーナに意外な弱点が……。可愛いよぅ」

なぜか目を潤ませたクレリアに抱きしめられた。

それからクレリアはもう一度、ハンカチを見て、

「何かこれ渡したら、意外とシスト様も喜ぶ気がしてきた……」

「だめ。やっぱりだめ。こんな不格好な物をシスト様が使っていたら、周りから白い目で見られちゃう」

ジーナはハンカチを握りしめて、すん……と落ちこむ。

すると、クレリアが、

「あ、そうだ！　それじゃあ、いいこと考えた」

と、元気よく言うのだった。


翌日。

昼休みの終わりに、ジーナはその袋を差し出していた。

「こちらもよかったら召し上がってください」

「ああ。ありがとう。中身は菓子か？」

と、シストは嬉しそうに頬を緩める。中身を確認しようとしたのをジーナは制止した。

「……その。恥ずかしいので、部屋で開けてくださいね」

「ん……？」


その日の夜。

シストはジーナからもらった袋を開けていた。中に詰められていたのは、カネストレッリだ。

マーガレットの形のクッキー。薄ピンクの物と白い物が二種類入っていて、本物の花のように可愛らしい。

そして、中にもう一つ、何かが入っていることにシストは気付いた。

それはジーナからの手紙だった。

『シスト様がいつも私の料理を「美味しい」と召し上がってくださることが、とても嬉しいです。

お料理が楽しいことだとまた思うことができたのはシスト様のおかげです。

追伸――先日は贈り物をありがとうございました。大事にします。

ジーナ』

何度も目を通してから、

「〜〜〜〜〜っ！」

シストは赤くなった顔を手で覆った。

「……しばらく食べられないな。これは」

美味しそうな香りを漂わせているカネストレッリを机の上に。そして、ジーナからの手紙は大事に、机の中にしまいこむのだった。

◆

アイアン・ゴーレム。

それは鉄で作られたゴーレムの魔物である。見上げると首が痛くなるほどの巨体だ。

ゴーレムが拳を振り下ろす。遺跡の空気が震撼するほどの勢いだった。

「フィンセントくん！　早く撃って！」

デムーロが鋭い声を上げる。その言葉でフィンセントの怒りは爆発した。

「無茶を言うな！　私にはもう魔力が残っていないのだ！」

「え、もう？」

と、デムーロは拍子抜けした声を上げる。その声にはありありと失望の色がにじんでいた。

『役に立たないなあ』と言われているように感じて、フィンセントは額に血管を浮かせる。

「じゃあ、しょうがない。いったん撤退するよ！　走って！」

「ひっ……ちょ、ちょっと、待ってください、教授！」

デムーロが身軽な動作で通路を引き返していく。フィンセントは情けない声を上げながら、それに続いた。もう数時間ほど――ずっと動き詰めなのである。全身が悲鳴を上げている。足だってボロボロだ。マメができては潰れて、血まみれになっているというのに。

このデムーロという男は容赦がない。「はい、次！　次の部屋、行こうね！」と、フィンセントは散々、遺跡の中を引きずり回されていた。

「ひっ……ふう、はあ……はあ……」

ゴーレムから逃げきって、通路にへたりこむ。実はフィンセントはあまり運動神経がよくない。魔法の天才だともてはやされて、それ以外のことは何もしてこなかったからだ。

教師が時折、「魔道士には体力も必要ですよ」と苦言を呈してくれれば、「うるさい！　私の才能があれば、そんなものは不要だ！」と切り捨ててきたのだった。

フィンセントは壁に寄りかかって、息を整える。すると、腹の奥からふつふつと怒りが湧き上がった。

（なぜ、第一王子の私が……こんな目に遭わなければならないのだ！）

彼はシストに決闘で負けた代償に、デフダ遺跡の調査に同行する羽目になっていた。

フェリンガ王国には、各地に遺跡が存在する。

英雄王『スフィーダ・フェリンガ』がこの国を興す前時代。フェリンガの地は、多くの魔物が闊歩《かっぽ》する危険地域だった。その魔物たちを統一していたのが、邪竜である。

しかし、邪竜はスフィーダの手によって討ちとられる。魔物たちは洞窟や森の奥などに逃げ隠れ、そこでひっそりと暮らすようになったのだった。

デフダ遺跡もそのうちの一つだ。各地に存在する遺跡の中でも、『危険度S』と言われている魔窟だった。そこには前時代の魔道具が多く眠っていて、研究者たちの探求心は尽きない。

デムーロが苦い顔で、口を開く。

「フィンセントくん。君はねえ～、魔力の無駄遣いが多いよ」

「なっ……」

「もう少し考えて、魔法を使ってくれないと……。そこまで魔力が多くないんだから」

「魔力が多くない……⁉」

フィンセントは愕然とする。『この男、馬鹿なのか⁉』と、心の底から思った。

――自分は百年に一度の、規格外の魔力量を持っているのだぞ！　それに気付いていないだと⁉

こんな男は教師として相応しくない。遺跡から帰ったら、父に直訴して、即刻クビにしてもらわねば……！　と、フィンセントは考える。

「あ、いや。一般的な魔道士よりはやや多いくらいだとは思うけど……そんなにバカスカ連発できるほどではないよね？」

「なっ……！」

「状況を判断して、的確な魔法を撃つ。これ、魔道士の基本だよ？　ちゃんと立ち回れば、君も優秀な魔道士になれると思うけど」

フィンセントは戦略という物をまったく考えない。魔物と遭遇したら、まず上級魔法。次に上級魔法。追撃で上級魔法。そして、魔力切れを起こす。ということをくり返していたのだった。

そのため、デムーロの指摘は教師として的確なものだったのだが……。

フィンセントはそれを受け入れなかった。

――何たる不敬。何たる屈辱。

と、怒りに打ち震えていた。

（この男、学校をクビにするだけでは生ぬるい！　父に頼んで、即刻打ち首に処してくれる……！）

しかし、腹の底ではそう考えていても、今のフィンセントはデムーロに逆らうことができなかった。なぜなら、帰り道がわからないからである。

遺跡の中にいる間は、どれだけ不快でも、どれだけ怒り心頭にあろうとも、この男に教えを請わなければならない。

「それより、教授……私はそろそろ空腹が限界でして……」

「ああ、そうだったね。じゃ、ここで昼休憩にしようか」

デムーロがリュックを下ろして、食事の準備を始める。フィンセントは期待に頬を緩めた。

が、次の瞬間。とり出された食事を目にして、愕然とする。

「またそれですか⁉」

「文句言わない。食べられるだけでも感謝しないとね」

デムーロがとり出したのは、固すぎるパンと、ビン詰めのコーンビーフだ。最近のフィンセントはそれしか口にしていなかった。パンはまるで石塊のような固さで、初めて食べた時は歯が折れるかと思った。

コーンビーフの方はねっとりとした食感が気持ち悪いし、日持ちするように塩を大量に投入されていて塩辛い。どちらもとんでもなくまずかった。

フィンセントはその味を思い出して、涙目になる。

しかし、実際に腹が減っているので、嫌々でもそれを食べるしかなかった。

（ああ、まずい！　このところ、まずい物ばかりを食べている！）

自棄になって、フィンセントはコーンビーフをかきこむ。

「きちんと食べて、休息をとらないとね。最近だと、遺跡の中で魔族を見かけたという話も聞くし。特に三大魔族と言われる、悪魔族、魔狼族、竜族とは出会ったらすぐ逃げるように……」

デムーロは平然とまずい飯を食べながら、講義を始める。その話をフィンセントはまったく聞いていなかった。

彼が考えていたのは、ジーナのことだった。

（ジーナの作る菓子は、とても美味しかった……）

ふと、その味を思い出して、舌がじんと痺れた。

——早くこんなところから帰りたい。

——ジーナに会いたい。彼女の菓子をまた味わいたい。

フィンセントは切実に願う。そして、自分をこんな境遇に追いやった元凶に恨みを募らせた。

（許さん……。私にまぐれで勝ったからといって……！　絶対に許さんぞ、シスト……！）

——この遺跡から戻ったら、その時は！

——あの無能者に、目にものをみせてくれる！

と、フィンセントは固く決意していた。

◆

「……まただ」

シストは目を見張る。自分の手元に視線を落とした。掌の中に小さな風を生み出している。魔力を増やすための訓練の最中だった。

（やっぱり……以前より魔力が増えている）

フィンセントとの魔法決闘を終えた日から、シストは欠かさずに訓練を続けていた。すると、少しずつ使える魔法が増えてきたのである。最近は学校の講義にも顔を出すようになっていた。

教師の言っていることがわかる。言われた通りに魔法を行使できる。それだけで授業の時間も楽しいものに変わった。

それは喜ばしいことではあるが、

（……何で急に？）

シストは不思議に思っていた。クレリアの言葉を思い出す。彼女の声が治ったのは、ジーナと会ってからだという。

自分も同じだ。魔力量が増えたのはジーナと会ってから……。

——彼女はもしや、幸運の女神か何かなのでは……？

その想像に、シストは頬を染める。

——いや、さすがに。いくら彼女が可愛くて、料理上手で、凛とした立ち振る舞いまで美しいからと言って……。

そこまで考えてから、「って、俺は何を考えているんだ！」と首を振る。

時計に視線をやると、だいぶ遅い時間になっていた。長い間、訓練に没頭していたようだ。

そろそろ休もうか。と、考えてから、シストは机の上に目を向ける。そこにはジーナにもらった菓子の袋が置いてあった。

手を伸ばし、カネストレッリを口に含む。バターの甘みが、疲れた体に優しく染み渡る。

——もう少しだけ頑張るか。

シストはそう思い直して、魔力を練るために、精神を集中させるのだった。

閑話　お喋りがしたい

クレリアは歌とお喋りが大好きな女の子だった。

「ねえねえ、お母さん！　聞いて！」

彼女の生まれは平民だ。王都から離れたのどかな村で、家族と暮らしていた。クレリアには兄弟がいっぱいいた。

彼らと一日中、歌って、話して、笑い合う日々を送っていた。

クレリアのそんな平穏な生活が壊れたのは、六歳の時だった。

フェリンガ王国の子供は六歳になると、魔力測定を受ける決まりとなっている。そこで彼女の魔力は「聖」属性と判明した。基本の四属性とは異なる珍しいものだった。

クレリアは『聖女』と呼ばれた。その日から家族と引き離され、教会で暮らすことが決まった。

家族と離れ離れになるのは寂しかった。それでもクレリアはそこで頑張ろうと決めていた。それが皆の——引いては家族のためになるのだと信じていた。

声に異変を覚えたのは、十三歳の時だった。

歌詠魔法。声に魔力を乗せて、傷を癒す力。教会でその魔法の使い方を学んだ。クレリアの魔力は少しずつ増加していった。

すると、段々とクレリアの声は低くしゃがれてきたのだった。

好きだった歌が歌えなくなっていく。高音をうまく出せないからだ。

しかし、それに反比例するように、クレリアの歌詠魔法の力はどんどんと増していた。低くしゃがれた声で歌うと、傷が癒えるのだ。

だが、クレリアはあまり嬉しくなかった。自分の歌を聞いた人たちが、皆、呆気にとられたような顔をするからだ。中には必死で笑いを堪えている者までいた。

「……この声を治したいです。どうしたら治るのでしょうか」

クレリアは司祭に尋ねてみた。だが、司祭も首をひねった。歌詠魔法の使い手で、クレリアのように声が変質した事例は今までになかった。

クレリアはフェリンガ王国の筆頭魔道士である男に診てもらうことになった。

彼は目を見張って、こう告げた。

「珍しいね。君の場合、魔力が常に声に付与されている。だから、声が変わってしまった。元に戻す方法は一つ。質のいい魔力を得ることだね」

「魔力に質のよさというものがあるのですか?」

「あるよ。質のいい魔力は、少量でも魔法を発動させることができる。つまり、効率が上がるということ。そうすれば、君の声に付与される魔力は少量で済み――声質が変化することはなくなるというわけだ」

「どうすれば、魔力の質が上がるのでしょう」

「僕もそれは研究の最中でね。伝説によれば、英雄王スフィーダ・フェリンガが膨大な魔力を所持していたという話も、実は彼の身に宿る魔力の質がよかったからではないか、という説もあるようだけど」

クレリアはその後、魔力の質を上げる方法を探して、様々な文献をあさった。だが、結局その方法はわからず終いだった。

クレリアの声は更にひどくなっていった。

彼女は十五歳で、フィオリトゥラ王立学校で働くことになった。学校の生徒を歌詠魔法で治療するのが、彼女の役割だった。

だが、歌詠魔法を披露すると、生徒たちは……

「聖女の歌というから期待していれば……何と汚らしい」

「淑女が出す声とは思えないひどさだね」

「ぷっ、ははははは！　もう一回、歌ってみてはくれないか？」

その度にクレリアは傷付いていた。大好きだったはずの歌は、大嫌いになった。人前で声を出すことが嫌になっていた。

そのうち、クレリアはカーラ・シモーネという女生徒に目を付けられ、彼女から嫌がらせを受けるようになった。

その頃には、クレリアは抵抗する気もなくなっていた。どれだけカーラに嫌がらせをされ、「さあ、話してみなさい？」と煽られようとも。

絶対に声は出さなかった。黙って、耐えていたのだ。

（声を出して笑われるくらいなら……ずっと黙っている方がマシ……）

と、クレリアは思っていた。

そんなある日のことだった。クレリアが、ジーナという少女に出会ったのは。

「――やめなさい」

その声を聞いた時、クレリアは信じられない気持ちだった。

今までもクレリアがカーラに嫌がらせをされている時、そばを通りかかる生徒はいた。けど、誰もが見て見ぬふりをした。

それなのに、その少女はカーラに堂々と告げたのだ。彼女の姿を見て、クレリアは目を見張る。地味な格好をしている少女だ。どう見ても貴族ではない。それなのに、彼女はカーラに意見することを恐れなかった。

案の定、カーラたちは憤った。

「何ですって……!?　地味ブス女が！」

カーラの怒鳴り声に、クレリアは身をすくませていた。声は出なかった。少女が自分を庇ってくれたことを知っているのに……その少女が詰め寄られていても、助けることはできなかった。

（………………ごめんなさい……）

クレリアは心の中で何度も謝った。

彼女の名前はジーナといった。食堂で下働きをしているのだという。不思議な少女だった。格好は地味なのに、彼女の背筋はいつでもぴんと伸びて、凛とした空気をまとっている。

ジーナはクレリアに声のことを一度も尋ねてこなかった。

そんな人は初めてだった。今までこの学校で出会った人たちは、

「変な声って本当？　ちょっと出してみてよ」

と、好奇心をむき出しにしてくる者か、

「どうして話さないの？　変な声？　私は気にしないから、話してみなよ」

一見親切なふりをして、クレリアの心をえぐってくる者ばかりだった。

だが、ジーナは何も言わなかった。それどころか、クレリアとの筆談を楽しんでいる様子だった。

『そういえば、さっきの黒い犬って何だったの？』

クレリアが紙にそう書いてみせれば、ジーナが「ちょっとこれ借りるね」とペンを持つ。さらさらと隣に文字を書いた。

『私の寮室に住んでるの。ちょっと変わった犬なんだ』

と、いう言葉と、何だかよくわからない絵――おそらく、犬らしきもの。

その絵と文字を見て、クレリアは、ぷっ……と吹き出していた。しわがれた声で笑う。『しまった、声を出しちゃった……！』と、気付いて、クレリアは口を押さえる。だけど、横を見れば、ジーナも楽しそうに笑っていた。クレリアの変な笑い声を気にした様子もない。

その瞬間、クレリアはジーナのことが大好きになった。

この学校でできた、初めての友達。クレリアの声を気にしないでいてくれる子。

だから、カーラがお茶会でジーナのことを侮辱した時、クレリアは許せなかった。

『この人の前では、絶対に声を出さない』

そう決めていたはずなのに。頭がカッと熱くなって、そんなことは吹き飛んでいた。

「謝って、ください！　今の発言は、あんまりです！」

気が付けば、クレリアはそう叫んでいた。

そして――その声がしわがれていない、普通なものであったことに。彼女自身がもっとも驚くのだった。

第三章　女たらしの騎士

『お父様。居場所については申し訳ありません。どうしてもお教えすることはできません。ですが、私は元気でやっておりますので、心配なさらないでください。追伸——最近、友達が増えました。

ジーナ・エメリア』

公爵家の執務室にて。

男は重いため息を吐いた。手元の紙に何度も目を通す。そして彼は、元から厳めしい顔付きを更に険しく変化させる。

公爵家の当主ジークハルト・エメリア。彼はここ最近、ずっと晴れない顔をしている。それは一か月前に、娘のジーナ・エメリアが失踪してからだった。

ジーナからはたまに手紙が届く。筆跡は間違いなく娘の物だった。しかし、彼女は頑なに居場所を教えてくれないのだ。

『しばらく学校をお休みします。必ず帰るので安心してください』

と、一通目の手紙には記されていた。ジーナから手紙が来ていることを、ジークハルトは他言していなかった。

婚約者のフィンセントがジーナの行方を必死で探しているようだが、彼にも伝えていない。ジークハルトは娘の婚約は失敗だったと気付いていた。最後にジーナと会った日、彼女からは感情が抜け落ちていた。あんなに表情が凍り付くほどに、娘はフィンセントには嫌な目に遭わされたのだろう。

そのため、王家とは別に彼は独自にジーナの行方を追っていた。そして、とうとう彼女からの手紙を辿り、それがルリジオンの街から送られていることは突き止めていた。

ジークハルトは徹底的に街を調べ上げた。しかし、ジーナは見つからない。あと、調査が必要なのは、フィオリトゥラ王立学校だけだった。

だが、そこが難問なのだ。フィオリトゥラは王侯貴族が通う学校だ。警備も厳重で、部外者が簡単に立ち入ることはできないのである。学校に入るには、生徒となるか、職員となるかしかないのだが……。

その時、扉が叩かれた。ジークハルトが答えると、一人の青年が入ってくる。

凛々しい男だった。いかにも女性受けしそうな甘い顔立ちをしているが、動作や表情は武人めいている。長い銀髪を一つに結び、颯爽《さっそう》と歩く度に背中で揺れる。その碧眼は戦場に立つ時のように油断なく、鋭い。

彼はジークハルトの前まで来ると、流麗な動作で膝をつく。

「エメリア公。出立の準備が整いましたので、ご挨拶に参りました」

「此度の件、引き受けてくれたことを感謝する」

ジークハルトは頷いて、彼に声をかける。

「ヴィートよ。お前はこれより、フィオリトゥラ王立学校の魔法科二年生として編入する。……必ず、ジーナの行方を見つけ出してくれ」

「もちろんです。ジーナ様を見つけるため、尽力することをここに誓います」

男――ヴィートは恭しく告げる。

そして、毅然とした動作で立ち上がった。その様になる立ち振る舞いに、執務室にいたメイドが頬を染める。彼の一挙手一投足に見入っている。

――と。

ヴィートの視線がジークハルトから逸れる。メイドの一人と目を合わせた。

「……見ない顔ですね」

「新入りだ」

答えるジークハルトの声は、何とも言えない苦さが含まれている。

「なるほど」

直後、ヴィートは彼女へと歩み寄って、その手を握った。メイドは「え!?」と困惑しながら、赤くなっている。

「ああ……何と可憐で美しいのか。そして、何と口惜しい。あなたという奇跡に出会えた運命の日であるのに、私はこの屋敷を去らなければならないとは。ところで、この任務が終わったらお茶でも一緒にいかがです？」

「――ヴィート」

ジークハルトが厳格な声で名を呼ぶ。

ヴィートは「わかってます」と言わんばかりに肩をすくめる。先ほどまでの騎士のような気高さや、凛々しさは見る影もない。軟派な男そのものだった。

「では、エメリア公！　行ってきます！　ところで、もしジーナ様を無事に見つけ出したらその時は、彼女と婚約してもいいですか？」

「ダメに決まっているだろう！」

ジークハルトの怒声が室内に響き渡る。

それも気にせず何のその、ヴィートは軽薄な仕草で片手を掲げると、部屋を後にした。

静寂が室内に戻る。

同時にジークハルトは頭を抱えて、項垂《うなだ》れた。彼は今、死ぬほど後悔していた。

――人選、間違えたかもしれん。

と。

◆

ジーナは朝早く起きて、食堂へと向かっていた。

調理場を借りて、昼食を作る。それから食堂での仕事を始めるのが、ジーナのルーチンだった。

ジーナが小道を歩いていた時だった。

「もう……ヴィート様ったら」

やたらと艶めいた声が聞こえてくる。ジーナは足を止めた。声の主はこの先にいるらしい。くすくす、と楽しそうな女性の声。

嫌な予感がする。覗きは趣味ではないが、ここを通らないと食堂にはたどり着けない。

ジーナは深く息を吐いた。なるべくそちらを見ないようにして駆け抜けよう……！

と、決めて、地面を蹴り上げる。

「君の美しさはフェリンガ王国一だ。どうか今日の放課後、俺と共に時間をすごしてはもらえないだろうか」

「ふふ。考えておくわね」

と、声が途切れたのと、ジーナが角を曲がって、その光景を瞳に映したのは同時だった。

最悪なタイミングだった。男女がこちらを向いている。目が合ってしまった。女性の方は妖艶な様子で笑って、

「じゃあ、またね。ヴィート様」

と、去っていく。男はそちらに手を振り返してから、ジーナの方を見た。じっと見てくる。そのまま動かない。

ジーナは戸惑ってから、足を踏み出す。その横をさりげなく抜けようと試みた。

ちょうど男のそばを通り抜けようとした時、

「ああ……これは運命か⁉」

男が身を翻し、道をふさいできた。ジーナは目を点にして、相手の顔を見る。

「あの……何ですか。通してください」

「突然すみません。しかし、あなたがあまりに美しいものだから、このまま別れてしまうわけにはいかないと、俺の心が叫んでいるので」

「は……はあ……？」

「何と可憐な姿だろうか。その美しさはフェリンガ王国一だ」

さっき、別の女性にまったく同じことを言っていなかったか……？

ジーナは胡乱《うろん》げに目を細める。相手の男は甘い顔立ちの優男だった。確かに女性受けしそうな見目ではあるが……さすがに別の女性を口説いていたその舌の根の乾かぬうちに、同じ文言で口説かれても、胸はまったくときめかない。むしろ、不快感の方が勝る。

ジーナの冷めた目付きに、男はむしろ興奮したように熱を上げる。

「ああ、お待ちください！　行かないで！　俺は本気だ。君に本気になってしまったのだ」

彼が迫って来たので、ジーナは壁に背をつけた。

「やめてください。そこをどいてください」

毅然とした口ぶりで告げた。

と、同時。

「やめろ！　そいつに何をしている！」

鋭い声が飛んできた。そちらを見て、ジーナは目を丸くする。シストが男を睨み付けていた。

そして、ジーナと男の間に割って入る。

男は面食らったように目を瞬かせ、

「あー……彼氏さんの登場？」

「え……」

「なっ、……ち……ちがう」

戸惑うジーナ。そして、なぜかいったん押し黙ってから、否定するシスト。

そこで男は「あれ？」と声を上げた。

「って、シスト殿下じゃないっすか……。どーも」

「は？　お前……ヴィートか」

と、シストも驚いたように告げる。

「お前……そんな軟派な男だったか？　まあ、いい。こいつはダメだ。こいつには何もするな」

「所有権を主張されてますか、俺？」

「ちがう！」

その時だった。どこからか女性の声が聞こえてきた。「ヴィート様！　どちらにいらっしゃるの？」という声。ちなみに先ほどヴィートに口説かれていた女性とはまた別人である。つまり、これで三人目だ。

ヴィートはそこでハッとして、

「あ、そっか。レナちゃんとも約束してたの、忘れてた。じゃあ、そこの可憐な君、また会おうね。ついでに殿下も」

「だから、こいつには手を出すなよ!?」

噛み付くシストをさらりと流して、ヴィートは去っていく。「いやーごめんごめん。ああ、今日も君の美しさはフェリンガ王国一……」などと聞こえてくる声に、ジーナは呆れ果てていた。

それはシストも同じらしい。苦い表情で目を細めている。

「少し会わない間に、あそこまで変わるとは……」

「お知り合いですか?」

「まあな」

と、シストはジーナに向き直る。

そこでジーナは気付いた。

「シスト様はこんなに朝早くから何を?」

「え? は……?」

すると、なぜかシストは焦った様子で目を逸らしてしまう。

それからぶっきらぼうに袋を差し出してきた。

「これをお前に渡したくて」

「あ……これ」

中を覗いて、ジーナは目をパッと輝かせた。

「チョコレートですね。ありがとうございます。これでさっそくお菓子を作りますね」

「ああ。……楽しみにしている」

シストは頷いて、ジーナの顔を見る。頬を緩めて、優しそうな笑みで答えた。

ジーナはほほ笑み返してから、ふと気付いた。

「昼食の時でも大丈夫でしたのに。わざわざ届けてくださったのですね」

「に……日課の散歩のついでだ」

なぜか焦ったように言われるのだった。


ヴィート・ランディ。

彼は魔法科二年生に編入した生徒だった。

フェリンガ王国の騎士団に所属し、「騎士伯」の爵位を持つ。現役の騎士がこの王立学校に通うのは珍しかった。

というわけで、学校内で彼はすでに話題の人物になっていた。多くの令嬢が、彼に熱を上げていた。甘い顔立ち。動作は流麗で、おとぎ話の中の騎士のように様になる。さっそく彼は多くの令嬢から茶会に誘われているようだ。

ジーナはその様子を目にする度に、不思議に思っていた。初日に彼の女たらしの本性を目にしてしまっただけに、不快感がすごい。

ヴィートは来る者は拒まず。どころか、自分からも迫る迫るの精神で、次から次へと女性に言い寄っているようだった。

その様子をクレリアも見かけたらしく、げんなりとした目で告げる。

「私、ああいう人、絶対に無理」

「さすがにちょっと……節操がないよね」

と、ジーナは頷いた。

「ああいうのと付き合うのってきっと同類だから。ジーナは、気を付けてね」

「え……ええ」

そう話しながら、いつもの昼食場所に向かっているると。

ジーナとクレリアは息を呑んだ。向かい通路から、件の男がやって来たのである。ヴィートが親しげな様子で話しかけているのは、シストであった。

「し……シスト様～⁉」

クレリアは目を剥いた。そして、きつい眼差しでヴィートを睨み付けた。

「やめてください！　シスト様をそっちの道に引きこまないで！」

「聖女、少し黙ってろ」

と、呆れたように言うシスト。

ヴィートはじっとクレリアを見ている。そして、目にも留まらぬ速さで距離を詰めてきた。

「ああ、何て可憐なんだ。あなたの美しさに、俺の心は打たれてしまった……」

「ひぃ！　何のひねりもない口説き文句！」

「お前もやめろ」

クレリアは怯えて、ジーナの背に隠れる。

シストが制服のフードを引っ張り、ヴィートを引きはがした。

ジーナは尋ねるようにシストを見る。すると、その疑問を汲みとって、シストは答えた。

「ヴィートとは前の学校が同じだったんだ」

「そうそう、殿下とは昔から親しくさせてもらっていて」

「それで、こいつが人を捜しているというから、話を聞いていた」

「はあ……人捜しですか？」

「そうなんだ」

と、軽薄な顔付きを引き締め、ヴィートは真面目な表情に変わる。

「君たちにも聞いておこう。もし、知っていたら教えてほしい。髪は銀で」

ジーナは頷いた。

（……銀髪……）

「目の色は青」

ジーナはそこで首を傾げた。

（あお……）

「あ、背丈は君くらいだ」

ジーナはそのまま目を見開く。

（身長は私と同じ……）

「年齢は十七。とても美しい。フェリンガ王国一美しい女性だ……そんな子を知っていたら、俺に教えてほしい」

ぱちぱち、と。目を瞬かせてから、ジーナは手を震わせる。

（……美しい、かどうかはともかくとして。私だ。どう考えても、私……！）

そこでシストも気付いたように、

「……ん？　待て。それって……。ジーナ・エメリア？」

「そうそうジーナ様。殿下の昔の……」

ヴィートが何かを言いかけるが、シストがすかさず、

「その話はするな」

「すみません。殿下はこの話、嫌いでしたね」

と、苦笑いで口をつぐむ。

ジーナは目を曇らせて、視線を逸らした。今、ヴィートは何を言いかけたのだろうか。シストが不快そうな顔をしていたから、「殿下は彼女のことが嫌いなんですよね！」とかだろうか。

（そっか。やっぱり、公爵令嬢としての私は、シスト様に嫌われているんだ……）

と、考えて、ジーナの胸が締め付けられるように痛む。

そこでジーナの背中に張り付いたままだったクレリアが、「あのー」と声を上げた。

「その方とランディ様はどんな関係にあるんですか？」

「ああ、そこの可憐な君。どうか俺のことはヴィートと呼んでおくれ」

「嫌です」

　クレリアの素っ気ない態度にもめげずに、ヴィートは話を続ける。

「それでジーナ様についてだったね。彼女は俺の未来の婚約者と言えるかもしれない」

「……え？」

「…………は？」

　ジーナは思わず声を漏らしてしまった。『そんな話、私は聞いてない……！』と、困惑する。

　一方、シストは氷点下の眼差しをヴィートに叩きこんでいる。

「すみません。冗談です。マジ切れしないで、殿下……！」

　クレリアがジーナの背からひょっこりと顔を出して、

「ジーナは何か知ってる？」

「……ジーナ？」

「あ、そういえば同じ名前だね！」

　ヴィートが不思議そうに反芻すると、クレリアも気付いて声を上げた。

　ジーナは何も言えずに固まっていた。

　ヴィートがジーナの前にやって来る。こちらの顔を凝視して、す……と、目を細めた。まるで何かを見透かそうとするかのような、鋭い眼差しだった。

「君の名前はジーナというのか」

「は……はい」

「なるほど」

ヴィートは生真面目な口調で告げる。

ジーナの胸がドキドキと騒ぎ出した。

まさかこの人……何か気付いて……？　と、胸騒ぎが止まらない。何も言えずに、唇をきゅっと引き結んで、彼の顔を見返す。

ヴィートはジーナの手を恭しくとる。その場に跪くと、

「ジーナちゃん……名前も可憐だ。どうか俺と結婚を前提に交際してくれないか」

「帰れ！」

シストに蹴り飛ばされて、軽薄騎士は吹っ飛んだ。


ジーナたちと別れた後。

ヴィートはその場から動かず、じっと視線を向けていた。それはまるで狩人のような、鋭い眼差しだった。

彼が後ろから狙いを定めているのは、ジーナだった。

「ジーナ……ジーナちゃん、ね……」

彼女の名前を口で転がす。目を細めて、彼は続けた。

「――なるほど」

◆

ジーナは自室で呆然としていた。

（なぜあの人は、私の行方を探しているんだろう……）

と、昼間のことを考える。ヴィート・ランディ。彼はジーナ・エメリアの行方を探していた。

彼はきっと誰かに頼まれて、フィオリトゥラへやって来たのだ。問題なのは、その依頼主が誰なのかということである。

それが公爵家の人間ならまだマシだ。だが、もし、彼がフィンセントの遣いの者だったら……？

（……正体は絶対にバレないようにしないと）

と、ジーナは決意する。

「おやすみ。ベルヴァ」

黒犬へと声をかけると、ベルヴァはすでに夢の中だった。ベッド脇で丸くなり、自分の腕に顔を載せている。その穏やかな顔付きに安心して、ジーナは小さく笑うのだった。

次の日。空中庭園では、いつものメンバーとは異なる人物が待っていた。

「俺もご一緒してもいいですか？」

と、軽い口調で告げたのは、ヴィート。彼の顔を見つめて、ジーナは固まる。彼と関わるのは得策ではない。

「お前……何しに来たんだ」

と、シストは嫌な顔をしている。クレリアも同様に、頬を膨らませて、

「嫌です。ダメです。私のお肉取り分が減っちゃうじゃないですか！」

ジーナは表情を変えずに、視線を漂わせる。肯定も否定もしなかった。すると、ヴィートはあっけらかんとした様子で、

「いや、大丈夫。ちゃんと自分の分は持って来てるしさ。ちょっと聞きたいことがあるんだ」

と、ランチボックスをとり出した。

ジーナとシストは目を見合わせる。

「シスト様がいいと仰るのなら。私は構いません」

シストは警戒した視線でヴィートを見る。

すると、ヴィートは途端に顔付きを引き締め、真面目な声を出す。

「殿下。お願いします。これは今後に関わる、重要事項ですので」

「わかった。だが、ジーナに妙なことをしたら、叩き出すぞ？」

「クレリアちゃんにはいいんですか？」

「ダメに決まっているだろ！　ジーナにも聖女にも妙なことはするな」

なぜか焦ったように言い直す、シストだった。

というわけで、四人は同じテーブルに着いた。

ジーナはその日の昼食をテーブルに広げる。ジーナの作る料理は日に日に豪勢になっていた。

シストやクレリアが「美味しい！」と褒めちぎってくれるので、作る側としても気合が入る。手に入りづらい食材もシストが差し入れてくれるので、献立の幅も広がっていた。

以前は買っていたパンも、最近は自分で焼いている。

今朝焼いたばかりのフォカッチャに、メインの肉料理、バジルとチーズのサラダ、デザートにはチョコレートがけのアーモンドケーキ……。

ヴィートが眉をついと上げて、料理を眺めている。

「わ、すっごく美味そう……。え、これ、ジーナちゃんが作ったの？」

「……はい」

「へぇ……」

と、ヴィートは目を細めて、口元を上げる。どこか含みのある笑みだった。ジーナは彼から視線を逸らす。一方、クレリアは威嚇《いかく》するような眼差しでヴィートを睨んでいた。

「あげませんよ！」

「えー。ひどいなあ。こんなにいい匂いしてるのに……」

「お肉はあげません！」

「クレリア……はい、お肉」

「あむ！」

と、クレリアを黙らせてから、ジーナはヴィートに向き直る。

「たくさんあるので、ランディ様もよかったらどうぞ」

「え、いいの？　やった。あ、それって、オリーブの肉詰め？　俺、好きなんだよね」

「はい」

彼が手を伸ばしたのは、オリーブの肉詰めフリットだ。ひき肉にアンチョビやニンニクを混ぜて、オリーブの実に詰める。パン粉をまぶして、からりと揚げた料理である。噛めばさくさくの食感、オリーブのほろ苦い味と肉のジューシーさが混ざり合う。

ヴィートは一口食べて、「ん⁉」と目を見開いた。

「う…………美味《うま》っ！」

驚愕した様子で料理を見つめている。

「え、何これ、すっげえ美味い！　というか、美味すぎ……ジーナちゃんって天才？」

「そんな……」

と、委縮するジーナ。

代わりにシストが胸を張って告げた。

「そうだ。ジーナの料理は世界一、美味い」

「……なぜ殿下が得意げなのですか？」

シストも同じ物を食べて、ぱっと顔を輝かせる。

「ん、美味い。ジーナの料理はどれも最高だな」

「いやー、美味い！　すげえ美味いよ、これ！」

と、ヴィートはすっかり料理に夢中になっている。シストがその様子を見て、目を細める。

「ところで、何か確認したいことがあるとのことだったが……」

「まあまあ、先にいただいてしまいましょう。殿下。こんなに美味しい食事が並んでいるのですから」

「あー！　ランディ様！　それは私が目を付けていたお肉です！」

と、いつもより賑やかに食事の時間は過ぎていく。皆が「美味い！」「美味しい！」と褒め称えるので、ジーナは恥ずかしいやら、落ち着かないやら。

食事を食べ終わると、ヴィートは机に何枚かの紙をとり出した。

「少し失礼いたします。この書類を急遽仕上げなくてはならないので……」

と、生真面目な表情で何かを書きこんでいる。ペンを走らせながら、彼は何気ない口調で言った。

「ところで、ジーナちゃん」

「はい」

「シスト殿下とずいぶん仲がいいように見えるけど」

「……シスト様にはいつもよくしていただいています」

大丈夫、とジーナは自分に言い聞かせていた。ヴィートは騎士だ。だから、第二王子と自分のような平民がなぜこんなにも仲がいいのか。それを探りに来ているだけだろう。

下手に動揺すれば怪しまれる。だから、ジーナは表情を変えずに淡々と答えた。

シストがむっとした様子で口を開く。

「こいつに昼食を頼んでいるのは俺だ。何か問題があれば、ジーナではなく俺に言え」

「いやいや、別に文句というほどでは」

へらへらとした笑顔で、ヴィートはそれをかわす。

「それで、時に聞いてもいいかな」

「はい」

「実はこの単語のつづりが思い出せなくなってしまって……」

「これは……こうですね。ペン、お借りいたします」

ジーナは彼のペンを借りて、別の紙に文字を書いた。

「ああ、なるほど。ありがとう」

と、ヴィートはほほ笑む。

ジーナは顔を引きつらせていた。文字を書く時に、彼の持っている書類の一部が視界に入ってしまったからだ。

「あの……ランディ様」

「ん？」

「その書類、何を書かれているのでしょうか……？『フェリンガ王国一美しい』とか『よければ今度の放課後』といった文章が見えたのですが……」

「ん？　ああ、これ？」

と、ヴィートが皆に書類を見せる。

そこにはパッと見ただけでわかるほど、熱烈な言葉がつづられていた。

「この学校には魅力的な女性が多くて困る……。そういった女性たちから、たくさん手紙をいただいていてね。その返事を書いているんだ」

「……ヴィート。お前」

と、シストは苦い顔をする。

「さっき言っていたよな。『今後に関わる重要事項』だと……」

「え？　だから、そう言ってるじゃないですか」

ヴィートは開き直った顔で、堂々と告げる。

「俺の恋に関わる重要事項だと！」

「帰れ！」


仕事の時間が終わり、ジーナは寮までの道を歩く。辺りには薄闇が落ちていた。街を囲う壁の向こう側に、太陽が沈んでいく。

とぼとぼと歩いていると、目の前に誰かが立ちはだかった。

「お待ちください。あなたに話したいことがあります」

と、告げたのはヴィートだ。逆光でその顔がよく窺えない。

ジーナは硬直した。彼の口ぶりに違和感を覚えたからだ。

その理由を考えて、ハッとする。

そうだ。今日の昼食時まで、ヴィートのジーナに対する口調は気安かった。だが、今は目上の者に接するように恭しい。

そう、まるで。ジーナの本当の身分を知っているかのような――。

「見つけました。――ジーナお嬢様」

ジーナは目を見張る。

「な……何の話でしょうか……」

「見た目が異なっていても、筆跡は誤魔化せないのですよ」

と、ヴィートは昼間の浮ついた態度から一転して、鋭く眼光を光らせる。

彼は二つの紙をとり出した。一つはジーナが昼間、書いた物。もう一つは、ジーナが父に向けて送っていた手紙だった。

(まさかこの人。そのために、あの時、私に文字を書かせた……?)

ジーナは息を飲む。

「さあ、エメリア公が心配されています。家に帰りましょう」

硬い口調で告げるヴィート。

ジーナは俯いて、拳をぎゅっと握りしめた。気付かれてしまった。ヴィートに自分の正体が、ジーナ・エメリアだということが。家に連れ戻される。ここにはもういられない。その時、頭をよぎったのは、この学校で過ごす昼休みの記憶だった。

いつでも「美味い」とジーナの料理を褒めてくれるシスト。

お肉料理が大好きで、「ジーナのことも大好き！」と伝えてくれるクレリア。

二人と過ごす楽しい時間。その光景が脳裏で蘇り――直後、ひびが入る。

――もうシスト様や、クレリアと一緒に過ごすことはできないの……？

そう考えて、胸が絞られるように苦しくなった。

でも、その一方でこうも思う。

――もう十分じゃない？　ジーナ。

自分の中で誰かが告げた。

――これ以上、お父様にも皆にも迷惑をかけられない。だから、もうこんなことはやめた方がいい。

手汗で掌がにじんでいる。つかんでいたスカートの裾を、ジーナはそっと離した。

深呼吸をくり返し、口を開こうとした。

その直前で、

「ジーナ様が失踪されたのは、フィンセント殿下との婚約を破棄したいからとのことでしたよね。エメリア公も頭を悩ませていました。殿下はジーナ様との婚約を絶対に破棄したくないと仰られているそうで……」

「どういうこと？　婚約は破棄できないの……？」

「殿下は婚姻継続を望まれているようです」

ジーナは唖然とした。

前回、フィンセントと会った時、ジーナは彼のことをきっぱりと拒絶した。フィンセントはジーナの料理が口に合わないようだし、会う度にこちらをけなしてきたのだ。すんなりと別れられると思っていたのに――。

フィンセントがジーナとの婚約に縋りつくとは思わなかった。

そういうことなら話は別だ。

ジーナは掌を、きゅ、っと握りしめた。強い視線でヴィートを捉える。

「帰れません。帰りたくありません」

「ジーナ様……」

毅然とした答えに、ヴィートは困った様子で眉を垂らす。

「フィンセント様の下には……戻りたくありません」

「エメリア公も、あなたのお気持ちはご理解していらっしゃいます。公爵家に戻った後に、また改めて、婚約解消のために動くこともできましょう」

「もし、それで婚約が解消できなかったら？　私はまたあんな目に遭わなければいけないの？」

「あんな目、……とは？」

ヴィートは目を細めて、聞き返す。

ジーナは答えられなかった。口にするのもはばかれるほど、その記憶は深い傷跡となっていた。

すると、ヴィートが少しだけ語調を和らげ、

「ジーナ様も存外にここでの暮らしになじまれているご様子。ご友人との急な別れともなれば、心苦しいでしょう。――一週間、待ちます」

「え……？」

「ですが、その後はたとえ力ずくとなろうとも。あなたをエメリア公の下に連れ帰ります」

強い視線に射貫かれて、ジーナはそれ以上、反論することができなかった。


その後、どうやって自室に戻ったのかもジーナはよく覚えていない。気が付けば、床にへたりこみ、ベッドに上半身を預けていた。頭の中が真っ白だ。何も考えられない。

しばらくそうしていると、「くぅーん……」とベルヴァが寄ってくる。鼻先で肩を、つん、とつつかれた。

「ベルヴァ……！」

ジーナは弾かれたように動いた。ベルヴァの体にぎゅうと抱き着いた。ベルヴァは焦った様子で、脚をばたつかせている。いやいや、と逃げ出そうとする体に、ジーナはすがりついた。

「お願い……もう少しだけこのまま」

湿った声で告げると、ベルヴァはぱたと動きを止める。そのまま大人しく抱き着かれてくれた。

ベルヴァの毛先はひんやりとしているが、胴体の部分はほんのりと温かい。触れていると、少しだけ心が落ち着いてきた。

「公爵家から遣いが来たの。私は家に戻らなきゃいけない。……でも、戻りたくない」

ベルヴァに頬をすり寄せ、ジーナは続ける。

「…………もう少しだけ。……シスト様の、おそばに……」

ささやかな願いを乗せた吐息は、夜の空気の中に溶けていった。


明かりが消えた、室内。

少女の小さな寝息が聞こえてくる。ジーナはベッドに上半身を預け、眠っていた。

その隣で忙しなく動く影がある。ベルヴァがひたすらにぐるぐると回っていた。はたから見れば、犬が自分のしっぽを追いかけ回しているだけの、間抜けな姿であったが……。

(やばいやばいやばいやばい……！)

ベルヴァは必死で思考を巡らせていた。そして、焦っていた。

ジーナから聞いた話が頭をよぎる。彼女は家に戻ることになったのだという。しかし、そうなったらベルヴァは困るのだ。

(俺の体はまだ回復しきってない。このままじゃ、まずいぜ……)

ベルヴァは回るのをやめて、床に腹をつけた。「伏せ」の体勢で、ぺたりと顎も床につける。

(…………どうする？　俺がジーナの家についていくのも手だが……いや、門前払いされる可能性とか、仮に中にいれてもらっても犬用の餌とか与えられるようになっても困る！)

うーむ、と思考しながら、ベルヴァは視線を上げる。

ジーナがベッドにもたれかかって寝ていた。その頬には涙の痕が残っている。

むくりとベルヴァは起き上がる。毛布をくわえて、たたっと戻ってきた。それをジーナの肩にかける。

……よし！

満足げに頷いてから、「って、よしじゃない！　やばいやばいやばい……！」と、またその場でぐるぐると回り出すのだった。

◆

「ジーナ・エメリア……って、ゲテモノ作りのジーナ？」

令嬢の言葉に、ヴィートは目を丸くしていた。

「……ゲテモノ作りって？」

「ふふ、この学校では有名なお話でしてよ」

その日、ヴィートはいつもの日課に精を出していた。つまり、女漁りである。放課後、令嬢の一人と約束を取り付け、彼女の肩を抱いて、話をしていた。

その間にジーナ・エメリアのことについて尋ねてみる。すると、彼女はいろいろなことを教えてくれた。ジーナは壊滅的に料理が下手なこと。それを触れ回っていたのは、他ならぬフィンセント自身であったこと。

「フィンセント殿下もお可哀そうに……。そして、健気な方よね。どんなに舌に合わない料理も、殿下は決して残さずに完食されるんですって」

「へ……へえ……」

その言葉にヴィートは顔を引きつらせる。

（いやー……）

と、思いながら、彼女の手を握る。令嬢が目を合わせて、妖艶にほほ笑んだ。それにほほ笑み返しながら、

（いやいやいや……）

と、ヴィートは考えていた。

――美味いじゃん！

その後、昼食時間にて。ヴィートは目を見開きながら、料理を咀嚼していた。

その日のデザートは揚げ菓子だった。シュー生地を揚げ、たっぷりとリコッタクリームを載せ、オレンジの砂糖煮で飾り付けられている。じゅわっと口の中でとろけるシュー生地、オレンジの酸味と、絶妙な甘味加減……。

（めちゃくちゃ美味いじゃん……！）

ヴィートはまた、ちゃっかりとジーナたちの昼食の場に紛れこんでいた。

今、ジーナと顔を合わせるのは気まずい。それはジーナも同様らしく、あまりこちらと目を合わせようとしてくれない。

だから、昼食は別の女性と過ごそうかとも思ったのだが。

ヴィートは、ジーナの料理の味が忘れられなかった。吸い寄せられるように、またここに戻ってきてしまったのである。

シストには苦い顔をされ、クレリアにはまた威嚇されたが。結局は同席することを許してもらえた。

ジーナの料理を一口食べて、「これだ……」と、ヴィートは感動していた。

そして、学校内に回る噂が虚言であることを知ったのである。

ジーナを「ゲテモノ作り」と馬鹿にしている令嬢たちも、性格は多少難があるかもしれないが、仕方ない面もある。

噂を流している本人が、第一王子なのだから。王子の言うことには誰も逆らえないし、彼以外はジーナの料理を食べたことがないのだ。だから、その噂は面白おかしく、学校内に流布されてしまったのだろう。

（……くそ野郎）

ひとしきり料理の美味さに感動してから、ヴィートの中でふつふつと怒りが湧いて来た。

ヴィートは王家に仕える騎士である。そのため、そんな感情は間違っても抱いてはいけないのだが。思わずにはいられなかった。

——フィンセント、くそ野郎……！　と。

「はー。今日もジーナの料理は美味しいね！」

「特にこの菓子は格別に美味いな。前のアマレーナのシロップ漬けもよかったが、オレンジを載せた物も美味い」

　ヴィートは聞いていて、「何それ、羨ましい……」と思った。アマレーナのシロップ漬け――それも絶対に美味いヤツだ。このレベルの料理を毎日食べることができる、シストとクレリアが羨ましくなった。

　シストは普段、不愛想な方ではあるが、ジーナの料理を食べている時はとろけるような笑顔に変わる。

　じっと見ていると、シストに気付かれて、

「何だ」

「その点、シスト殿下は素直ですよね……」

「……………は？」

　思わず、本音が漏れてしまった。

　次にヴィートは、ジーナを見る。彼女はいつも通りの澄ました様子で座っている。かと思いきや、時折、シストやクレリアの姿を見て、浮かない顔で目を伏せていた。

「ジーナ。どうかしたのか」

　シストも気付いたようで、案じるように声をかける。

「何か悩みがあるなら、俺に言え」

「いえ……すみません。昨日、少し寝るのが遅くなってしまって。それだけです」

　ジーナは首を振る。そして、力なくほほ笑んだ。どうして彼女が浮かない顔をしているのか、知っているヴィートは、「うっ……」と、胸が苦しくなる。

「昼食作りは負担にはなっていないか？　俺はジーナの料理を毎日食べられたら嬉しいと思うが、そのためにお前に無理はしてほしくない」

「いえ……そんなこと！」

と、ジーナは強い口調で告げる。

「そんなことありません。私も、シスト様やクレリアが『美味しい』と料理を食べてくれることが嬉しいです。それに私の心がどれだけ救われたことか……」

（うっ……！）

更に良心をきりきりと締め上げられて、ヴィートは内心で悶える。

――ジーナがこの後、公爵家に戻ったら。

王家はどのように動くのだろうか。ジーナとフィンセントとの婚約解消をあっさりと認めてくれるだろうか。フィンセントはジーナに執着している。公爵がどれだけ手を回しても、すんなり婚約解消という運びにはならないのではないか。

かといって、このままの状況を許すわけにはいかない。ヴィートはジーナを連れ戻すように、公爵から直々に命じられている。それを反故《ほご》にすることは……ヴィートの立場では決して許されないことだった。

和やかに昼食をとる、四人。その様子を、遠くから見つめている影がいた。

（なるほどなるほど……）

と、校舎の屋上に伏せて、庭園を見下ろしているのはベルヴァだった。

彼の鋭い眼光は、銀髪の男へと向けられている。

（ははーん。あいつが『コウシャーク』という奴の遣いだな……？）

ジーナを連れ戻しに来たという男だ。

だが、ベルヴァはこのままジーナを離すつもりはなかった。自分にはまだ、彼女の料理が必要なのである。

「よーし」

と、ベルヴァは目を光らせて、立ち上がる。

「あいつ邪魔だ。殺そう♪」

今日はフリスビーで遊ぼう♪

というような気楽な口調で、黒犬は呟くのだった。

◆

（いつまでもうじうじとしているわけにはいかないよね……）

ジーナは自室で鏡と向き合っていた。銀髪碧眼で、表情の乏しい少女。自分の本当の姿が映っている。今はその目には寂しそうな色が宿り、落ちこんだ雰囲気である。

あれからジーナは悩み続けていた。公爵家に戻ったら、またフィンセントと関わらなければならない。

『まずい』

『ひどい味だ』

『君は料理があまり得意ではないのだね』

忘れていたはずの言葉が蘇り、心臓を突き刺した。

……戻りたくない。彼の婚約者の立場なんて要らない。

ずっとここに——シストのそばにいられたら、どれだけいいか。

けど、どうすることもできなかった。だから、覚悟を決めるしかないのだ。

いつものイヤリングを付ける。すると、鏡の中の容貌が一瞬で変化した。栗色の髪の地味な娘だ。今日は少しだけ気合を入れようと、髪をまとめて、高い位置で結ぶ。

——これで、よし。

と、鏡の中の自分に頷いてみせる。

ヴィートに提示された期限は残り二日を切っていた。あさっての朝には公爵家に連れ戻される。だから、それまで悔いが残らないように、ここでの思い出を作ろう。と、ジーナは決めていた。

食堂を訪れるのは、いつもジーナが一番早い。その日の昼食を作り、掃除をする。そうしていると、従業員たちが次々とやって来た。

「おはよう、ジーナ」

と、声をかけてくれたのは、料理長のエマだった。彼女の明るい表情を、ジーナはじっと見つめた。

　――この人には本当にお世話になった。彼女がここで雇ってくれなければ、今のジーナはいなかったのだ。

　だけど、彼女に今までの感謝を伝えることはできない。あさってになったら、ジーナは何も言わずにここを去ることが決まっているのだ。自分が急にいなくなったら心配をかけるだろう。

（ごめんなさい……エマさん）

　ジーナは内心で彼女に謝った。

　エマは優しげな様子で目尻を下げて、

「最近のあんた、いい感じだね」

「え……？」

「ここに来たばかりの頃の、鬱々とした感じがなくなっているよ。友達でもできたのかい？」

「あ……それは……はい」

　ジーナは頷いた。すると、エマは嬉しそうに笑う。

「そりゃよかったね。昼食もその友達と食べてるんだろう。いつも大きなバスケットを抱えて出かけてるもんね。……それで、まだダメなのかい？」

「何がですか……？」

「あんたの料理を、私にも試食させてほしいって話さ」

　ジーナは胸の辺りをきゅっとつかんだ。

今なら抵抗はない。エマにも食べてもらいたいという気持ちはある。けど……このタイミングでそれは無理だった。

「……ごめんなさい……」

ジーナは泣きそうになって、顔をぐしゃりと歪める。それを隠すために大きく頭を下げるのだった。

昼休みの時間になって、ジーナはとぼとぼといつもの場所に向かっていた。

「ジーナちゃん」

声をかけられて、振り向く。そこにはヴィートの姿があった。ジーナの正体を知っている彼だが、学校内では気安い口調で声をかけてくる。

ジーナは頭を下げて、挨拶をした。

にっこりと愛想のいい笑顔を返され――それが突然、固まる。ヴィートの右腕がぴくりと動いた。持ち上がったところを、左手でつかんで引き戻す。

「ダメだ……ほんと、ダメだぞ。この人だけは……」

「ランディ様……？」

「いや、ごめん、何でもない。あ、それ今日のお昼？　俺が持つよ」

とりつくろうような笑顔に戻るヴィート。

バスケットをさっと持って行かれた。ジーナは「今のは何だったのだろう」と思いながら、彼に続く。

途中でクレリアと会った。「ジーナ！」「クレリア」と互いにほほ笑み合っていると。

ヴィートがすかさずクレリアの前に立つ。彼女の手を握って、告げた。

「ああ、今日も君は美しいね、クレリアちゃん……。どうか今日の放課後、俺と一緒に」

「嫌です」

と、クレリアは蔑む目で告げて、ヴィートの手を叩き落とす。

「あいた……意外と容赦ないな〜、クレリアちゃんは」

「ヴィート、お前……またやっているのか？」

呆れた声が横手からかかる。

四人はそのまま空中庭園へと移動する。席に着くと、シストは眉をひそめて言った。そこにはシストの姿があった。

「お前、そんな男だったか？　前の学校にいた時は、もっとこう……まともだったろ」

「ひどくないですか、殿下!?　今の俺が、まともでないと？」

「日替わりで別の女性と過ごされていますよね……」

「節操ない人、嫌です」

と、すかさず追撃をするジーナとクレリア。

すると、ヴィートが咳払いをして、真面目くさった顔で語り始めた。

「実は、俺にもいろいろとあるのです。皆は俺がただの女狂いと思っているかもしれませんが」

「実際そうですよね」

「え、ちがうんですか？」

「まさにそれじゃないか」

三人からの一斉ツッコミに、ヴィートは抗議の声を上げる。

「いや、だから、話を聞いて！　これは……呪いなんですよ」

予想外に深刻そうな切り出しに、皆は口をつぐんだ。真剣な表情でヴィートを見つめる。

「呪いだと？」

「はい。これは美しすぎる人を見かけて、声をかけなかったら、後悔しすぎて死んでしまう呪いです」

「…………つまり？」

「死ぬくらいなら、口説くしかないじゃないですか」

途端に生真面目な面持ちは崩れ去り、軽薄な動作でへらへらと笑う。シストとクレリアが軽蔑しきった視線を向けた。

「お前……女狂いなだけでなく、馬鹿だったのか」

「聞いて損しました……」

「あれ？　みんなの反応が冷た……いや、ジーナちゃんだけそんなことはないな、うん」

希望を持つような視線をヴィートはジーナへと向けてくる。それを心の底からどうでもよさそうに、ジーナは受け流した。

「……………そうですか」

「そういう淡白な反応！　一番、堪えるやつだから！　それに、それを言ったら殿下だって、昔は初恋に焦がれていた可愛らしい面が……」

「余計なことを言うな」

「はい！　そのお話、聞きたいです！」

「聖女は黙ってろ」

軽口を叩き合いながら、皆の間には親しげな雰囲気が漂っている。

その空気感にジーナの胸は切なさを覚えた。

（もうこんな時間を過ごせなくなる……）

あさっての朝、ジーナはエメリア家へと戻る。鼻の奥がつんとなって、ジーナは目を伏せる。

（だめ。今は……泣いたりしては、ダメ）

そんなことをしたら、皆に心配をかけてしまう。ジーナは目をつぶって、深く呼吸をした。気持ちを落ち着かせてから、皆の顔を見渡す。

「実は……お願いがあります」

なるべく明るく聞こえるように気を付けながら。悲しい顔ではなく、明るい表情になるように口角を上げて。

ジーナは昨日から考えていたことを口にした。

「明日は休日ですよね。……皆で街に出かけませんか」

ここを去らなければいけないことが決まっているのなら。

せめて最後に思い出が欲しいと、ジーナは思っていた。

そうすれば、この先嫌なことがあっても、その記憶を胸に抱いて、乗り越えられる気がするから。


その日の夜、ジーナは遅くまで食堂に残っていた。

シストにも、クレリアにも自分の正体を明かすことはできない。だから、二人にお別れを言うことはできないのだ。

ジーナという食堂の雑用人は、パッと消えていなくなる。

お別れの言葉の代わりに、ジーナは二人にお菓子を渡そうと決めていた。心をこめて、最後のお菓子を焼いた。

(お肉料理じゃなくて、ごめんね……クレリア。仲良くしてくれてありがとう)

アーモンドをたっぷりと練りこんだ生地で焼いたクッキー。それを二枚重ねて、中にチョコレートを挟む。

次にジーナはシストに渡すための、カネストレッリを焼いた。

オーブンを覗いて、焼けていくカネストレッリを見守る。そうしていると、思い出が頭をよぎっていく。

(シスト様……)

ここで働き始めたばかりの頃、ジーナは自信を失くしていた。自分でも料理が美味しいのかどうか、わからなくなっていた。

だから、シストに初めて『美味い』と認めてもらった時、胸が震えるほどに嬉しかった。

カネストレッツリを一枚ずつ袋に詰めていく。その途中で、ジーナは自分の頬が濡れていることに気付いた。

――どうして、自分は泣いているのだろう。

ジーナは放心しながら考えた。

食堂の下働きをやめて、ジーナ・エメリアに戻ったら、シストとは今までのように接することはできなくなる。優しく笑いかけてくれることも、話しかけてくれることもなくなるだろう。ジーナの料理を食べてくれることもなくなるのだ。

そう考えると、心臓が絞られるように苦しくなる。

（そっか。私……シスト様のことが……）

ジーナは自覚すると同時に、諦めの気持ちで袋を閉じるのだった。

◆

フィオリトゥラ王立学校の正門。

待ち合わせをしていた少年・少女たちが、外へと出ていく。その様子を高所から見つめている影があった。

「街の外に行くのか。好都合だな」

黒犬は校舎の屋上で腹ばいになっていた。彼らを目で追いながら、にやりとほくそ笑むのだった。

◆

春の柔らかな日差しが、街を照らしている。過ごしやすい天気と気候。絶好の散歩日和だった。

「ジーナ！　見て見て！　これ、可愛いよ」

明るい声に、ジーナは口元を緩める。クレリアがぶんぶんと手を振っていた。

胸が温かな感情に浸る。その一方で、ふとすれば心臓がじくじくと痛んで、切ない思いに捉われる。

（こんな風に過ごせるのは……今日で最後）

なるべく考えないようにしようと思ったのに、どうしても心に浮かんでくる。その感情を、ジーナは必死に押し殺そうとしていた。

「もう、待って、クレリア……わっ」

駆け出そうとしたところ、前から来た人にぶつかりそうになる。ジーナは咄嗟に脇に避け、体が傾いた。

誰かの手に肩を支えられる。

「大丈夫か」

シストの声に横を向く。想像以上に至近距離で目線が交わった。

「あ……すみません」

ジーナは赤くなった顔を見られないように、顔を逸らした。シストへの気持ちを自覚した直後に、この距離の近さは心臓に悪い。

（前は怖いと思っていたけど……。こうして見ると、シスト様ってかなりかっこいいのよね……）

先日の魔法決闘で、シストは女生徒から一躍大人気となっているが、その気持ちが今のジーナにはわかる。実は王子とか、そういう身分とは関係なしに、男性として単純にかっこいいのだ。決闘で見せた身のこなしは見とれるほどだったし、気品がありつつも凛とした面差しも、物腰にも、目を惹かれる。その上、シストは最近、ジーナの前では優しくほほ笑んでくれることが増えた。第一印象の『怖そうな人』から一転して、ふわりとほほ笑んでくれるギャップを目の当たりにしたら、もう……ジーナの胸は、ドキドキと騒がしくなる。

「ジーナ！　このお店、見て」

クレリアの声でジーナは我に返った。

彼女が見ているのは服屋のショーウィンドウだった。町娘が着るようなカジュアルなデザインの物が並んでいる。公爵家で暮らしていた時は縁がなかった物だ。しかし、こうして眺めてみると、可愛く動きやすそうなデザインが好ましく思える。

「わ、素敵……」

「ねえ、ジーナ。このお店、入ってみようよ」

「あ……でも」

中を窺う限り、女性服専門店のようだった。ジーナは申し訳なく思って、後ろを振り返る。

「外で待っている」

「いいよ。気にしないで行っといで」

シストとヴィートはあっさりと告げる。

「ありがとうございます！　すぐ戻りますね！」

「すみません……それじゃあ、少しだけ」

クレリアは笑顔で、ジーナはぺこりと頭を下げて、服屋へと入っていくのだった。

◆

少女たちが服屋に入っていくのを見送ってから、シストとヴィートは道端へと寄った。

「ちょうどいい。お前に聞きたいことがある」

「はい。何でしょうか」

真面目な口調で切り出され、ヴィートは顔を引き締める。

「お前、ここ最近はずっとジーナの料理を食べに、昼休みにやって来てたな」

「え、ダメでしたか？　もしかして、殿下もクレリアちゃんみたいに『取り分が減っちゃう！』と……？」

「ちがう」

苦い顔で切り捨ててから、シストは言葉を選ぶように視線を漂わせた。

「……ジーナの料理は美味すぎる」

「また惚気《のろけ》ですか……」

「別に惚気てない！　というか、彼女とはそういう関係じゃない。これは真面目な話だ。他の料理が味気なく思えるくらいに、ジーナの料理は美味い。毎日でも食べたくなる」

――いや、それは惚気だろう。

と、普段のヴィートであれば茶化しているところだったのだが。

彼はハッと口をつぐんでいた。シストの台詞に心当たりがあったからだ。

「……………俺も本当は毎日、昼休みに押しかけるつもりはなくて……。けど、気が付いたらどうしてもジーナちゃんの料理が食べたくなって、ふらふらと」

「俺の魔力は何をしても増やせなかった。それが、ここ最近、急激に増えている。聖女にも似たような変化がある。聖女の魔力は特殊で、それが原因で声に影響が出ていた。が、それも今は治っているんだ」

「殿下はそれがジーナちゃんのおかげだと……？」

「わからないから、お前にも聞いている。お前は、何か体に変化はないか？」

ヴィートは何も答えなかった。

沈黙が落ちる。と、その直後、

「お待たせしました」

「何の話をしてたんですかー？」

ジーナとクレリアが戻ってきた。

「いや、別に」

シストはあっさりと答えて、彼女たちの下へと向かう。話をしている三人の姿を、少し離れたところからヴィートは見ていた。ぼんやりと今の話を咀嚼する。

（……魔力が増えた……？）

そんなことがあり得るのだろうか。それもシストはジーナの料理のおかげではないかと思っているらしい。

──料理で魔力が増えるなんて、そんな話は聞いたことがない。

（ありえないだろ。ありえない……だけど）

もし、それが本当の話だったとすれば。ヴィートには一つだけ、心当たりがあった。

思考にふけっていたヴィートは、前を見ていなかった。人とぶつかりそうになる。

「あ、すみません」

「いいえ？　こちらこそごめんなさいね」

と、告げたのは金髪の女性だった。すらっとした手足、その反面、胸元は服の上からわかるほどの豊満な肉付きだ。

ヴィートは彼女ににこりとほほ笑みかけて、道を譲る。

彼女はさっとその場から去っていった。その後ろ姿を見送り、ヴィートは放心していた。

――何も、起こらなかった。


（そういえば、最近、妙に大人しいな……）

その時、彼は初めて気付いたのだ。

――自身の体に起こった変化に。

◆

ルリジオンの街は景観を保つために、建築に決まりが設けられている。そのため、大通りに並ぶ建物は、すべて高さが均等となっていた。

その横並びになった屋上にて、

「さてと」

ベルヴァはほくそ笑んでいた。鋭い視線を眼下に向けている。彼が捉えていたのは、ジーナたちの姿だった。

ベルヴァは振り返る。その先には巨大な狼が二体、控えていた。白銀の毛は逆立っている。獰《どう》猛《もう》な瞳は血走り、獲物に飢えた色をしている。口腔からは大きな牙がはみ出ている。そこから、ぽたり……と涎が垂れ落ちた。

魔物――『ガルム』。

二体のガルムは、ぐるるるる……と、地の底から響くような唸り声を上げていた。

「いいな、お前ら。あの騎士を狙え。そして、殺せ」

ベルヴァのサイズは、ようやく中型犬に届くかといったところだ。ガルムと比べれば、親と子のように小柄であった。

しかし、彼は横柄な態度で、自分よりも凶暴な顔付きの魔物たちに命じる。

ガルムたちがベルヴァを見る。カッと瞳孔を開いた。今にでも跳びかかろうとするばかりの、獰猛な雰囲気だ。

が……その直後。

ガルムたちは後ずさった。耳はぺちゃんこ、尻尾はくるりん、挙句の果てにはその巨体に似合わない悲痛な声で、「きゅーん……」と鳴く。

そして、いやいやと首を振るのだった。

「おい、怖気付くな！　……何だって？」

ガルムが「ばうばう」と何かを説明する。それに耳を傾け、ベルヴァはふんふんと頷いた。

「『あの騎士、変だよ』だと……？　え、『何か飼っている』？　まあ、そうだな。心配するな。大した気配じゃねえ。そいつごと殺せ」

ガルムたちは身を縮ませる。とうとう丸めたしっぽを脚の間に入れてしまった。その情けない姿に、ベルヴァは憤慨した。

「おい、てめえら！　くそっ……今の俺は力が戻ってねえから、こいつらより上位の魔物は召喚できねえし……ん？」

ベルヴァは眼下へと視界を戻す。ジーナたちの動きを目で追いかけた。そして、黒犬は目を光らせる。

「――ジーナ、持ってるな？」

ベルヴァはガルムと向き直る。

「おい、聞け。お前ら」

と、厳かな声で、魔物たちに指示を飛ばすのだった。

◆

楽しい時間というものは、あっという間に過ぎてしまう。

ジーナはそれを痛感していた。

街を歩いて、お店を覗いて、カフェに寄って。気が付いたら、夕暮れ時となっていた。皆の足は学校の方へと向かっている。もうこの夢のような時間はお終いだ。

途方もない寂寥感を抱えて、ジーナの足取りは重くなる。まだ帰りたくないな……、と、視線を横に逸らした時だった。

建物の狭間に、その姿を捉えた。

「え？　ベルヴァ……」

一瞬だが、ジーナは見ていた。寮室にいるはずの黒犬を。

その姿は奥へと消えていく。

「どうしたの？　ジーナ」

「今、ベルヴァがいたの」

不思議な胸騒ぎを覚えて、ジーナは路地へと足を踏み入れた。今、確かにベルヴァと目が合った。彼の赤い瞳は何かを訴えているような光を湛えていた。

狭い路地の奥は、開けた空間となっている。閑散としていて薄暗い。ベルヴァの姿はなかった。

どこに行ったのだろう、とジーナは視線を漂わせる。

と、その直後。上から何かが降ってきた。

「え……？　きゃっ」

白銀色の影が二つ。ジーナに跳びついた。影に押し倒される形で、ジーナは転んでいた。四足歩行の獣だ。視界に凶暴な形相が飛びこむ。咄嗟に目をつぶった。恐怖に支配され、体が動かなくなる。

しかし、それ以上のことは何も起こらない。

その影はまた跳び上がり、ジーナと距離をとった。

「ジーナ、大丈夫か⁉」

「シスト様……。は、はい」

駆けつけてきたシストがジーナの肩を抱く。ジーナは呆然と答えた。転んだ時に、脚と掌に擦り傷ができていた。それ以上に怪我はない。引っかかれたり、噛み付かれたりはしていなかった。

思った以上に軽傷だったことに、ジーナはホッと息を吐く。しかし、シストはジーナの姿を見て、眉をひそめた。その瞳に激情をたぎらせて、獣たちを射貫く。

ジーナも目線を上げて、その姿を捉えた。

獣――いや、それよりも大きい。こんな姿の動物は今まで見たことがない。

「『ガルム』……!? こんな街中に!?」

後ろからヴィートが声を上げる。それでジーナは理解した。目の前の獣が、魔物であることを。

ガルムたちは口に何かをくわえている。見覚えのある包装にジーナはハッとする。今日、シストやクレリアのために焼いてきた菓子だった。

ガルムはそれを一心不乱に食べている。

「ジーナ、大丈夫!?」

という声と共に、クレリアがやって来る。

「聖女、ジーナの怪我を見てもらえるか」

クレリアにジーナの身を預け、シストは立ち上がる。

ジーナは呆然とガルムを眺めていた。クレリアも息を呑んでいる。二人の少女の前に、ヴィートとシストが立つ。

「殿下。お下がりください。俺が相手をします」

「待て……様子がおかしい」

シストが告げた直後、変化は起こった。

ガルムが唸り声を上げる。苦しそうに首を振った。その直後、魔物の体が淡い光をまとう。体が巨大化していく。頭からは鋭い角が生えた。姿がより凶悪なものと変化していく。

「これは……」

「進化した……？」

ガルムの上位魔物――『ハイ・ガルム』だ。

ヴィートが顔色を変える。鋭い声で叫んだ。

「殿下、危険です！　彼女たちを連れて、お逃げください！」

緊迫感のある口調だった。それほどまずい状況なのだとジーナは悟る。

ヴィートは皆を守るように立ちはだかる。そして、迷わず魔物へと飛び出していった。跳躍しながら詠唱。彼の手の中に光が生まれる。それは細長く変化し、一振りの剣を作り出した。

土属性の魔法――『武器錬成《フォージ》』。魔物や魔族に有効となる、魔法金属製の武器を作り出す技だ。

彼は流麗な動作で魔物へと斬りかかる。

刃が魔物の肉体を斬り裂いた――かに見えた。だが、その傷は浅い。ハイ・ガルムの肉体は鉱石のように固く、それ以上に刃が入らないのだ。ヴィートは目を見張る。直後、ハイ・ガルムが彼に突進した。

ヴィートの体が吹き飛ぶ。石畳に勢いよく叩きつけられた。

クレリアが青ざめた顔で叫ぶ。

「無茶です……！　『ハイ・ガルム』は王宮魔道士でも苦戦するほどの上位種……ランディ様、おひとりでは……！」

遅れて、恐怖がジーナの体に染み渡る。

（どうしよう……。あの魔物……私のお菓子を食べて……）

ガルムはジーナの料理を食べた。そして、理由はわからないが、突然、巨大化した。つまり、自分のせいだ。自分があんな物を持っていたから……もし、そのせいでヴィートの身に何かあったら。

（私のせいだ……それなのに、私が逃げるわけにはいかない……）

どうにかしなくては。何とかして、ヴィートを助けなくちゃ。ジーナはスカートの裾を握りしめ、眼前の光景から目を逸らすことができずにいた。

その時、ジーナの肩に誰かが優しく手を置いた。

「――お前のせいじゃない」

「シスト様……」

「あの魔物は必ず食い止める。だから、気に病むな」

言下にシストは飛び出した。倒れたヴィートの前に立つ。

「シスト様……！　ダメです！」

恐怖にかられ、ジーナは叫んでいた。

『ハイ・ガルム』二体が、シストに視線を向ける。そして、一斉に襲いかかった。

シストは堂々と彼らと対峙する。そして、魔法を解き放った。

風属性――上級魔法『竜巻《トルネード》』。

風がうねる。次の瞬間、その風は空へと突き上がった。ハイ・ガルムの体はその渦に巻きこまれる。上空へと回転しながら、吹き飛んだ。ぴり……周囲の空気がひりついたような音を立てる。

かすかな雷光が周囲へと飛び散った。

きゃううん、と悲鳴を上げて、ハイ・ガルムの体は地面へと叩きつけられる。

すかさず起き上がり、身構える。しかし、シストと目を交えると、魔物たちは耳を垂らした。

怯えるように後ずさる。

ハイ・ガルムたちは建物の屋上へと跳躍すると、そのまま姿を消してしまうのだった。


ヴィートは地面に手をついた姿勢で、一部始終を見守っていた。突風が止む。途端に穏やかな風へと変化し、ヴィートの頬を撫でていった。

彼は唖然として、シストの姿を見上げる。

その時、ヴィートはかすかな違和感を覚えていた。今の上級魔法は——通常の魔法とは何かがちがっていた。だが、ヴィートの属性は土だ。風属性には詳しくないので、その差が何であるのかわからなかった。

(それに、今の……見間違いだろうか……)

困惑して、ヴィートはシストの顔を見る。

(今……シスト殿下の目が一瞬、赤く……?)

だが、もう一度確認してみれば、シストの目はいつもの碧眼へと戻っているのである。

——気のせいだろうか、とヴィートは首をひねる。

◆

彼らの姿を、ベルヴァは高所から見下ろしていた。

牙を剥き出して、唸り声を上げる。

ハイ・ガルムたちが跳躍して、屋上へと戻ってくる。先ほどまでの凶暴さは鳴りを潜め、尻尾を丸めている。きゅーん……と、彼らは鳴いた。まるで『うわーん、怖かったよう！』と言わんばかりの声だった。

「おい、コラ、鳴くな！　でかい図体で情けねえな！」

と、前足を床に叩きつけて、怒鳴りつける。

ベルヴァは忌々しそうに顔を逸らす。視線を、眼下へと向けた。

ハイ・ガルム二体もいれば、騎士の男を確実に殺せると踏んでいた。実際、その読みは間違っていなかった。

誤算はただ一つ。シストの存在である。

もちろん、ベルヴァは彼の戦闘能力についても計算に入れていた。その上で、『二人がかりでもハイ・ガルムには勝てない』と踏んでいたのだ。だが、その予想は大いに外れた。

ベルヴァは確信していた。

（…………魔法決闘の時に見えた、あいつの魔力。あれはやはり見間違いじゃなかったということか）

フィンセントとシストの魔法決闘の時、ベルヴァは彼の魔力を覗いたのだ。そして、信じられない光景を見た。

矮小《わいしょう》な魔力量に偽装された、膨大な魔力。

――封印魔法がかけられている。結果、彼が自分の意志で引き出せる魔力は、ほんのわずかしかなかった。

シストの中に眠る『謎の力』。

それが何であるのかまでは、ベルヴァでも図り知ることはできなかった。

（誰が、何のために小僧に封印をかけた……？）

ベルヴァは目を細める。

◆

「ジーナ。怪我は大丈夫か」

シストに声をかけられ、ジーナは我に返る。

「はい。ありがとうございます……。シスト様の方こそ、お怪我はありませんか」

「俺は平気だ」

ヴィートが目を見張って、声を上げる。

「すごいじゃないですか、殿下……。まさかここまで殿下がお強くなられているとは」

シストは複雑そうな表情で、目を逸らす。そして、ぽつりと呟いた。

「……上級魔法。初めて使った」

「はい……⁉」

「やはり魔力が増えている」

「それって、やっぱり……。そして、さっきの魔物、食べてから強くなりましたよね」

「ああ」

二人の視線がジーナに固定される。

「ジーナの料理には、不思議な力があるのかもしれない」

厳かに告げられた言葉に、ジーナは目を丸くした。

「俺の魔力が上がっていること、聖女の声が治ったことも。そして、さっきの魔物はジーナの菓子を食べて、強くなった」

「実は、それだけじゃないですよ。俺にも影響が出ています」

と、ヴィートが真面目な顔で続ける。

「俺の女好きも治ったんです」

「「治った⁉」」

思わぬ言葉に、三人は驚愕した。

意味がわからない。治るものなの、それ……と、ジーナは唖然とする。同様のことをシストも思ったらしく、呆れ返った顔をしている。

「それは趣向じゃないのか……」

「ちがうんですって！　俺の右手。見てください」

と、ヴィートは手袋を外す。その下から覗いた肌に、三人は愕然とした。ヴィートの右腕には黒い鎖のような紋様が刻みこまれていたのだ。

「呪われているって言ったじゃないですか！　あれ、嘘だけど本当なんですよ。この右手が勝手に、俺の意思とは関係なく動いて」

「……それで？」

「女性に触りに行こうとするのです」

前半は深刻に聞いていたのに、後半の内容が下らなすぎて、三人はしらけた顔をする。

「それ、呪いのせいにしているんですか……」

「最低だな……」

「うーわー……ランディ様。軽蔑です」

「いや、だから、これは本当で……！」

と、ヴィートが話を続けようした、その直後のことだった。

突然、彼の右手から光が放たれた。それは一箇所に収束して、何かの形を作り出す。彼の掌にちょこんと乗った。

猫のぬいぐるみだ。黒や紫を基調に、つぎはぎだらけの布で作られている。目は取れかけのボタンで、怪しく赤く光る。顔は大きく、手足はやたらと短い。

そんな生き物が呑気に、「ふわーあ……」と、短い手を伸ばして、あくびをしていた。

「なっ……」

と、一同は目を見張る。ヴィート本人も驚愕した様子である。

猫のぬいぐるみは掌の上で立ち上がる。そして、尊大な様子で腕を組もうとした……が、腕が短すぎて組めなかったので、両手を合わせるような姿勢をとった。

「ふむ……お主の魔力が上がったおかげか。ようやく我を具現化できるようになったようだな」

「「「喋ったー!?」」」

動揺する四人。その中にはヴィートも含まれている。どうやら彼にとってもこれは異常事態であるらしい。

驚くジーナたちに構わず、ぬいぐるみは尊大な物言いで話を続ける。

「我は悪魔族が一人――リズ・ワルド・フォン・クルーデルである」

「悪魔族って……」

「三大魔族の一つに数えられている種族だ」

「わけあって、今はこの小僧の右手に封印されている」

ジーナたちは目を見開いて、ヴィートを見る。すると、ヴィートは慌てて声を上げた。

「だから、言ったじゃないですか！　本当のことだって！」

リズが彼の手の中から飛び出した。ジーナは咄嗟に両手を器の形にして、ぬいぐるみを受け止める。

間近でその姿をじっくりと観察した。可愛い、というより不気味なデザインだ。でも、よくよく見ていれば、やっぱり可愛くも見えてくる。

ジーナが観察している間、リズもこちらの顔を観察していたらしい。

「ところで……ふむ。この娘がそうなのか。…………似ているな」

「え……？」

リズが短い手を伸ばしてくる。ジーナの頬にぺたりと触れた。次に、むに、とつまれた。

ぴと、ぺた。むに。

ぺた、ぺた……。

ぺった、ぺった……。

「何をしている！」

「痛い痛い、頭つかむでない」

シストに頭をわしづかみにされて、リズはじたばたと暴れている。

「だから、言ったじゃないですか！　そいつがいつも俺の右手を勝手に動かして、女性に触ろうとするんです。俺だって不本意だったのです」

ヴィートの弁解を、他の者たちは胡乱げな様子で聞いている。

ジーナはリズと目線を合わせて、尋ねてみた。

「リズさんはどうして、女の人を触るんですか……？」

「うむ。よくぞ聞いてくれた。それはだな……」

尊大な口調で、彼は堂々と宣言する。

「……我は綺麗なお姉さんが大好きなのである！」

「やっぱりただの女好きじゃないか！」


学校の校門まで戻って来た時、日はとっくに暮れていた。

リズはあの後すぐに「疲れた」とあくびをして、今はヴィートの掌で寝ていた。

「こうしていると、少し可愛いかも……」

と、クレリアがその様子に和んでいる。

彼女の言う通り、今のリズは無害な生き物に見える。四肢をだらしなく伸ばして、すぴー、すぴー、とお腹を上下させている。

「こいつもずっと起きているわけではなく、一日の大半は眠って過ごしているみたいなのですが」

と、ヴィートはリズを持ち上げて、話をする。

「今から一年前のことです。俺は王宮魔道士のルカ様と共に、ある遺跡の調査に向かいました。そこで、この悪魔族と出会い、戦ったのです。こいつ、今でこそこんなですが、当時はとても強く……ルカ様はこいつを封印することにしました。その時、いろいろと不幸な事故が重なって、俺の右手にこいつが封印されてしまったのです。それからです。時々こいつが、俺の手を使って悪さをするので困っていたんですよ」

ヴィートは今までのことを振り返るように、神妙な顔付きをしている。口調も落ちこんでいるものだったので、ジーナは彼に同情しかけた。

が、そう思ったのも、束の間。

「だから、すべてはジーナちゃんのおかげだ。俺を悪魔から解放してくれてありがとう」

「今は悪魔は何もしてないだろ！　触るな！」

目にも留まらぬ早業で、ヴィートはジーナの手を握る。すかさずシストに引きはがされた。

ジーナは呆れ返っていた。今、この人に向けてしまった同情の気持ちを返してほしい……と思った。

クレリアも冷えた目を彼に向けている。

「なーんか、納得いきません。ランディ様、ご自分の女たらしぶりを、全部悪魔のせいにしようとしてませんか？」

「いやいや、そんな。俺だって、不本意だったんだよ？　ジーナちゃんはわかってくれるだろ？」

「……都合がよすぎる、とは思ってます」

「ひどいな～」

と、へらへらとした態度でヴィートは頭をかいている。この性格のおかげで、悪魔の件が深刻にならずに済んでいたことを喜ぶべきなのか、憂えるべきなのか。それは微妙な問題である。

「でも……一つだけ、わかったことがあります」

「え……?」

ジーナはそれだけを告げて、すたすたと歩き出した。ヴィートが何か聞きたそうにしていた視線を跳ねのけるのだった。

次の日の朝、ジーナはヴィートとの待ち合わせ場所を訪れていた。

本来ならそのまま彼とエメリア家に向かう手はずとなっていた。

ジーナは決意をこめた目で、彼と対峙する。そして、はっきりと告げるのだった。

「私、家には戻りません。お父様には、私は見つからなかったと報告してください」

ジーナの決意を聞いて、ヴィートは目を見張っている。

「なっ……それは聞けない相談ですよ。ジーナ様。言ったじゃないですか。力ずくでも連れ帰ると」

「……お願いします。もう少しだけでいいんです。ここにいさせてください」

と、ジーナは丁寧に頭を下げた。

「私の料理に、本当に不思議な力が宿っているのか……わかりません。でも、シスト様とクレリアの役に立てるのなら……もう少しだけ。私は、二人のために料理を作りたいです」

「ジーナ様……」

ゆっくりと顔を上げる。

　フィンセントの婚約者に戻るくらいなら、何でもする。その決意を胸に、ジーナは息を吐く。

「それと――私の料理。ランディ様にとっても、必要な物なのでは？」

「は……はは……もしかして俺、今、交渉をもちかけられていますか？」

　ヴィートはすかさずジーナの意図を察してくれた。困惑した様子で苦笑いを浮かべる。

「いやー、参りました。そう言われたら、拒否できないじゃないですか～。だって、これでも俺、あの悪魔には結構困ってたんですよ？」

「まあ……『本当に困っていたのか』ということについては、不問にしておきますが……」

「あれ？　手厳しいですね」

　へらへらと笑いながら、ヴィートは頭をかく。

　だが、その直後。顔付きを引き締めて、真摯な眼差しでジーナを捉えた。流麗な動作で膝をつく。まるで物語の中の騎士が、主君に忠誠を誓うように。恭しく――

「これからは、どうぞヴィートとお呼びください。今後はもうしばらく、この学校であなたの護衛を務めさせていただきますので」

「それじゃあ……」

　と、目を輝かせるジーナ。

　ヴィートは、ふ、と笑って、言葉を続けた。

「ですが、あなたの所在については、偽りなくエメリア公に報告させていただきます」

「そんな……。私の居場所を知ったら、お父様は……！」

「大丈夫です」

悪戯っぽく片目をつむると、ヴィートはほほ笑んだ。

「この件、少し俺に任せてもらえませんか？　決して悪いようには致しませんから」


その日、ジーナは寮室に戻ると、一番にベルヴァに抱き着いた。

「ベルヴァ！」

ベルヴァはいやいやと首を振りながら、じたばたとしている。構わずにその毛並みにジーナは頬をすり寄せる。

「家に帰らなくてもよくなったの」

そう呟くと、ベルヴァは動きをぴたりと止めた。首を傾げて、ジーナの顔を覗きこむ。目を合わせて、ジーナは頬を緩めた。嬉しくて、口元がゆるゆるになってしまう。

「嬉しい……。これからも、よろしくね」

ど、ベルヴァの前足を握る。ジーナはその足をゆっくりと上下に振った。

犬の目を覗きこむ。そして、夕方のことを思い出した。

「そういえば……あなた、夕方、街を歩いていなかった？」

と、尋ねてみると。ベルヴァはあざとい目つきで、「くぅーん？」と鳴く。無垢な瞳を見返して、ジーナは小さく笑うのだった。

◆

夜の帳《とばり》が落ちた後。

ベッドの上からは少女の規則正しい寝息が聞こえてくる。黒犬はその隣のカーペットの上で、腹ばいになって、目をつぶっていた。

不意に彼は頭を持ち上げる。少女がよく寝ていることを確認。

ベルヴァは尻尾をぶんぶんと振りながら、起き上がると、

「何だかよくわかんねーけど、ジーナをコウシャークから守れた」

と、その場でくるくる、尻尾をふりふりとしながら、喜びを表現する。

「きっと俺のおかげだな。危なかったぜ……最悪の場合、ジーナの家でペットやる覚悟まで決めていたが」

一時は、屈辱的なペット用の首輪を装着することまで覚悟していた。そうならずに済んで助かったぜ、と、ベルヴァは安堵の息を吐く。

と、黒犬が満足そうに座りこんだ、その時だった。

……がら。

窓が突然開いた。そこから怪しい影が入ってくる。赤い目が闇の中、光った。ベルヴァは咄嗟に頭を低くして、身構える。闖入者《ちんにゅうしゃ》に向かって唸り声を上げた。

しかし、相手の姿が月明かりに照らされると、拍子抜けしたように、床に座りこんだ。

「てめえは……」

「ふむ、やはりか。魔狼族の気配を覚えたのでな」

「悪魔族……何しに来た？」

ぺたぺたと床を歩きながらやって来たのは、リズ。ヴィートの腕に封印されている悪魔族のぬいぐるみだった。頭が異様に大きく、手足が短い姿のために、歩く度に頭が左右に揺れている。

ベルヴァの前までやって来ると、彼は尊大な様子で胸を張る。

「情けないことよな。『三大魔族』の一族を成す魔狼族ともあろう者が、小娘のペットとなり下がるとは」

「悪魔族の分際で、小僧の使い魔にされているテメエが言うと、自虐通り越してギャグなんだよ！」

吠えるように言い返した言葉を、リズはさらりと受け流す。

「お主がこの小娘を気に入っているのは……やはり食事か」

「まあな」

「ふむ。確かにこの女の作る料理は興味深い」

リズは腕を組もうとして、失敗。すかっと手がうまくかみ合わずに、垂れ下がった。そして、大きな頭を持ち上げて、ベッドの上を見る。

「食事で魔力の質を上げる――まるで彼女のようではないか」

「ん？」

「名を何といったか。あの男のそばにいた、あの女である」

「いや、『あの』が多すぎて、何にもわかんねえよ」

「男の名の方は覚えておるぞ。人族の間では『エイエイヨー！』と呼ばれておった」

「掛け声か！　ん、いや待て……それ、『英雄王』じゃねえか？」

「おお、そっちであったか。『エイエイオー！』」

「微妙にちげえんだよ……。あー！　思い出したぞ。英雄王のそばにいた女！」

「うむ」

ベルヴァはハッと息を飲み、ベッド上に視線を送る。

「……そういえば、どことなく面影が……」

「うむ」

偉そうな口調で頷くリズ。ふらふらと歩きながら、ベッドに跳び乗った。

「では、我は休むとしよう」

いそいそと布団を持ち上げて、中にもぐりこもうと——したところで、

「こら、待てぃ！」

ベルヴァが飛びついて、前足でひっ叩いた。床にべちゃりと落下するぬいぐるみ。その顔をぐりぐりと潰しながら、

「どこにもぐりこもうとしてんだよ！」

「むむ……我は添い寝するなら、むさくるしい男は絶対拒否である。可憐な少女の気をとりこみ

ながら寝たいのだ」

「や、め、ろ！　腹綿《はらわた》食いちぎるぞ！」

「ええい、離せ！　無礼な魔狼族め！」

リズは前足の下で、ぐにぐにと顔を変形させながら、手足をばたつかせる。次の瞬間、体をばねのように弾かせて、アッパーを放った。ベルヴァは空中でひらりと回転して、着地。その隙にリズはベルヴァと距離を置く。

両者は身構え、闘気のこめた視線を交えた。

その後しばらく、黒犬と猫のぬいぐるみの熾烈《しれつ》な戦いは続くのだった。


（ううーん……）

その日の夜、ジーナはうなされていた。

彼女が見た悪夢は、「大量の犬と猫のぬいぐるみに埋もれて、窒息寸前になる」というものだった。

◆

ヴィートからの報告を聞いて、公爵家の当主ジークハルト・エメリアは唸った。彼からの報告を聞いている間、彼は冷静ではなかった。「ジーナが平民を装っている……!?」や、「食堂で下働きをしているだと!?」など、いちいち衝撃を受けては、顔を手に埋めていた。

ひとしきり悩む素振りを見せた後で、ジークハルトは顔を上げる。

「まずは此度の貴殿の功績を称えよう。よくぞ娘を見つけ出してくれた」

「はい」

「だが……なぜ、ジーナを連れ帰らなかった？」

「それについて、ご相談があります。……人払いをお願いできますか？」

ヴィートが真摯な様子で告げる。ジークハルトは頷いて、使用人たちに退出を命じた。

一人のメイドが、ヴィートのそばを通り過ぎる時、彼の気を引きたそうに見ていた。それは以前、ヴィートに口説かれていた新人メイドだ。しかし、ヴィートは涼しい顔でジークハルトの方を向いている。

彼らがいなくなると、彼女にはとうとう一瞥もくれなかった。

「……どうした？　本命でもできたのか？」ジークハルトは不思議そうに尋ねる。

「そうかもしれませんね」

しれっと告げて、ヴィートはほほ笑む。

「まさかジーナではあるまいな……」

「はは……当たらずといえども遠からず」

「認めないぞ」

「何と手厳しい」

「あれの婚約は失敗だった。私も懲りる」

「はい。私の話もその件についてです」

と、生真面目な顔に戻り、彼は告げる。

「もし、フィンセント殿下とジーナ様の婚約を解消する方法があるとしたら、いかがいたします？　それもこちらからではなく、先方から破棄させる方法です」

「ほう……またよからぬことを企んでいるな？」

ヴィートはある計画について話した。ジークハルトはそれを聞き、黙りこんでいる。気難しい表情で眉根を寄せた。

「なるほど。わかった。……確かにその方法であれば、婚約を破棄することは可能かもしれない」

「はい」

「だが、問題はある。ジーナの行く末はどうなる。王族との婚約を解消されたともなれば……あれもまた好奇の目にさらされ、嫁の貰い手はなくなるだろう」

「その点についてはご心配なく。また王族と婚姻なされればよろしいのです」

「何だと……？」

ヴィートは次に、学校でのジーナの様子を話す。第二王子のシストや聖女クレリアと仲良くなっていることを、包み隠さずに報告した。

「ほう。シスト殿下か……。あまり社交の場に出てこない故に、私も寡聞ではあるのだが。ヴィートよ」

「はい」

「………まともな男なのだろうな？」

ジークハルトの真摯な問いかけに、ヴィートは苦笑する。王族相手に不敬極まりない発言であるが——それほど第一王子がひどかったということだろう。

ヴィートは澄ました顔で口を開く。

「シスト殿下を月《Luna》と例えます。……さしずめ、フィンセント殿下は蛙《Rana》でしょうね」

「ふっ……」

ジークハルトの気難しい表情が、少しだけ和らいだ。ヴィートはほほ笑み返して、

「シスト殿下はすでに、ジーナ様に心も胃袋も奪われているご様子。私が見ていただけでも、しきりに『美味い』『最高だ』『毎日でも食べたい』とジーナ様に告げていました」

「すでに口説かれているではないか」

「私もそう思ったのですが、なぜか本人たちは無自覚なんですよね」

「それはいかんな。早く婚姻させよう」

ジークハルトはすでに乗り気な様子で言う。

「ヴィートよ。その話に乗ってやろう。貴殿は今後も、学校でジーナを見守ってくれ」

「はい。お任せください」

「ああ、大事なことを言い忘れていた。くれぐれも惚れるな」

「……はい？」

「いくら娘が料理上手で可愛いからといってな」

「は、はは……。さすがに殿下に対抗するのは分が悪いので。……俺も弁《わきま》えてますよ？」

ヴィートは、参ったな……、という調子で、へらへらと笑うのだった。

◆

その日、フィオリトゥラ王立学校は騒然としていた。

誰もが目を見張り、そちらへと視線を向ける。衆人の関心を集めているのは、一人の男だった。

彼は堂々とした足取りで、学校内を歩いていく。視線には気付いているだろうが、苦い表情で黙りこんでいる。機嫌が悪そうな様子を隠そうともしていない。「何も言うな、触れるな」という雰囲気である。

向かいの通路から女子生徒がやって来る。男の顔を見て、目を輝かせた。

「フィンセント様……！」

と、男爵令嬢のエリデは、彼に駆け寄る。

「デフダ遺跡からお帰りになられたのですね！　ああ、お会いしたかったですわ、フィンセント様……！」

喜色満面の笑みだ。しかし、フィンセントは彼女に一瞥をくれることもしない。仏頂面で通路を突き進んだ。

彼の隣に並んで、エリデは歩き出す。そして、フィンセントの顔を窺った。

「あら……少し、逞しくなられましたか？」

以前はなよなよとした雰囲気だったが、今はどこか殺伐としている。彼が先ほどから難しい表情で黙りこんでいるのもその一因だろう。ぴりぴりとした雰囲気を、無言で放っていた。

「去れ」

フィンセントはエリデの方を見ることもせずに、冷たく言い放つ。

「え……？」

「私が会いたいのは、私の婚約者だけだ」

「あの……フィンセント様……」

「私に話しかけたいのなら、ジーナを探してこい。彼女の情報を持ってこい。わかったな！」

彼に怒鳴られて、エリデはびくりと身をすくませる。

「フィンセント様……？」

エリデは怯えて、立ち止まる。そして、フィンセントの背中を見つめた。

フィンセントがいなくなった後、エリデは体を震わせていた。それは怒りからくるものだった。

（ジーナジーナって……あんな『メシマズ女』のどこがいいのよ！）

◆

——自分の料理に不思議な力がある。

その話を聞いて、ジーナは半信半疑であった。未だに「美味しい！」と褒め称えられることにも委縮してしまうのだ。過分な誉め言葉ではないのかと……。

それなのにシストの魔力が増えたのも、クレリアの声が治ったのも、ヴィートが悪魔を使役できるようになったのも、すべて自分の料理のおかげだ、なんて言われても。

（さすがに……買いかぶりすぎじゃない……？）

と、ジーナは思っていた。

ジーナが今まで料理を食べてもらう相手は、父か、使用人か、フィンセントしかいなかった。父と使用人は魔道士ではない。だから、今まで彼らには何も変化が起こらなかったか、仮に魔力が増えていたところで気付くきっかけがなかったのだろう。

では、フィンセントはどうなのだろうか。

思い返せば、魔法決闘では彼の様子がおかしかった。フィンセントは莫大な魔力を擁しているはずなのに、あの時はやたらと魔力切れを起こすのが早いように見えた。

――それも、彼がジーナの料理を口にしなくなったから、ということなのだろうか。

（私の料理に、本当にそんな力があるのか、わからないけど……。今、私ができることはお料理くらいね）

もしその不思議な力が事実なら、料理を作ることでシストや皆の役に立てる。それはジーナにとってても嬉しいことだった。

公爵家に戻らずに済むことが決まって、翌日。

ジーナはベッドから起き上がり、違和感に気付いていた。体がふらついている。頭が重く感じる。そういえば、『実家に戻らなきゃいけない……』と毎晩のように悩んでいたせいで寝不足だった。

額に触れてみると、肌が火照っている感覚がある。しかし、ジーナは首を振って、気付かないふりをすることにした。料理を作らなかったら、シストたちに迷惑がかかる。さぼるわけにはいかないと、気を引き締めた。

ジーナはその日も十分な量の昼食と、焼き菓子を用意した。

皆と昼食を食べている間のこと――

「ジーナ！　おーい、ジーナ！　大丈夫？」

クレリアの声で、ハッとする。意識がぼんやりとしていた。クレリアが心配そうに顔を覗きこんでいる。ジーナは笑顔をとりつくろって、彼女に尋ねる。

「うん。ごめんね。何の話だっけ？」

「ボーっとした顔してるよ？　あれ……、顔も赤くない？」

「そう？　今日、暑いのかも……」

ジーナの答えに、クレリアは不安げに眉を下げる。シストやヴィートも心配そうな顔をしている。

「大丈夫か？　つらいなら、休んだ方がいい」

「……大丈夫です」

ジーナは首を振って答えた。仕事が終わったら、また明日の昼食の仕込みをしなくてはならない。それを怠けるわけにはいかなかった。

（シスト様や……皆の役に立ちたい）

ジーナはそう思っていた。明日の献立をどうしようかと考えながら、食堂へと戻る。

歩いている途中で、視界がかすんだ。足元がふらつく。急激に体から力が抜けていった。

（あ、れ……？）

視界が白く染まっていく。

ジーナの意識はそこで途絶えた。頭の中がふわふわとして、おぼつかない。

意識が浮上しかけて、またぼんやりと沈んで――そんなことをくり返してから、ジーナは目蓋を開けた。

「え……!?　し……シスト様……!?」

至近距離で目が合う。その距離の近さで混乱して、ぼやけていた意識が一気に浮上した。

「目が覚めたか」

シストは気遣わしそうに目を細める。

（ち、近……、どういう状況……!?）

ジーナは困惑した。そこで頭の中だけでなく、体全体がふわふわとしていることに気付く。

ジーナは自分の姿を見下ろした。シストに横向きで抱きかかえられている。自覚すると同時に、頭の芯がカッと熱くなった。

「熱がある。もうすぐお前の部屋に着くから、じっとしていろ」

「あ……あの……」

と、ジーナは目を回しそうになりながら、口を開く。

「自分で歩きます……下ろしてください……！」

「は？」

シストは途端に不機嫌そうな顔になる。

——何か怒っている⁉

と、慌てふためいてから、ジーナは気付いた。

（あ……私が倒れたから……。これじゃあ、明日の料理が……）

シストの魔力は、ジーナの料理で増えたのだ。

それなのに、料理が作れなければ……シストに迷惑がかかる。と、ジーナは身を縮めた。

そうこうしているうちに寮室にたどり着いた。ベッドに優しく横たえられる。ジーナはすっかり委縮していた。申し訳なさで頭がいっぱいになる。

「ごめんなさい……ありがとうございました……。あの、でも、明日の昼食の仕込みが……」

何とか起き上がろうとするが、体に力が入らない。すると、シストはむっとした様子で、ジーナの肩に手を置く。

「無理をするなと言っているだろう。食堂には今日と明日、休むということは伝えた。だから、大人しく寝ていろ」

「でも、それだと、明日の皆の昼食が……」

「料理より、お前の体の方が大事だろ⁉」

鋭い口調で言われて、ジーナは息を呑む。

シストはハッとして、気まずそうに目を逸らした。言葉を選ぶように黙りこんでから、

「お前の料理はとても美味い。そのおかげで俺の魔力も増えた。だが、そのために無理はしてほしくないと思う」

「シスト様……」

不器用ながらも、シストの口調はとても優しくて、ジーナのことを本当に案じてくれているのだということが伝わる。

その言葉を聞いていると、ジーナの目元はじんわりと熱くなった。胸が詰まって、何も言えなくなる。こみ上げてきた感情に涙があふれそうになって、ジーナは必死で抑えていた。

「俺は、料理や、自分の魔力のことよりも……お前のことが………」

小さな声でシストが何かを告げる。

しかし、ジーナの意識はまた白いモヤに包まれていく。彼が何を言ったのか、聞くことができなかった。

目が覚めると、朝になっていた。

ジーナは体を起こして、すぐにそれに気付いた。テーブルの上に山積みにされた物がある。

近付いて確認してみれば――

一番上の包みには、パニーニが入っていた。手紙がつけられていて、

『食堂の方は気にしなくていい。それよりも早く体を治すんだよ！　エマ』

包みの中からは、美味しそうな匂いが漂ってくる。

次の包みをジーナは開く。そこにはタオルが入っていた。端にジーナの名前が刺繍してある。

『ジーナの具合が悪いこと、すぐに気付かなくてごめんね。早くよくなりますように。　クレリア』

更に別の包みを開いてみる。そちらには市販の菓子が入っていた。

『ジーナ様がここ最近悩まれていたことを知っていながら、お力になれずに申し訳ありませんでした。今後はいついかなる時も、あなたの味方となります。　ヴィート』

最後の包みをジーナは開く。

フラワーバスケットだ。ガーベラとミモザの花が綺麗にアレンジされていた。

添えられていた手紙には、一言だけ。

『ゆっくり休め』

その手紙だけ差出人の記載がない。しかし、それが誰からの贈り物なのか、ジーナはすぐにわかった。

バスケットを抱えると、花の甘い香りが漂ってくる。目元が熱くなって、涙が零れそうになった。

――私は本当に幸せ者だ。

と、心から思う。自分の料理を皆に認めてもらっただけでも、十分すぎるほど幸福だと感じていたのに。

認めてもらえたのは、料理だけではなかった。

ジーナはフラワーバスケットを窓際に置いて、カーテンを開けた。朝の陽ざしが室内を明るく照らし出す。

――明日の昼食は、とびきり心をこめて作ろう。そして、皆にお礼を言わなきゃ。

と、外の景色を眺めながら、ジーナは思うのだった。

閑話　悪魔と騎士

フェリンガ王国で騎士となれる者は、魔法適性を持つ者だけと定められている。

その点、ヴィート・ランディは運がよかったのだろう。彼の生まれは平民だ。だが、母の祖先に魔道士がいたとのことで、ヴィートはその特性を隔世的に引き継いだ。

魔力を持った平民が目指すものといえば『騎士』が一般的だ。騎士になれば、『騎士伯』という身分を賜ることができるからだ。

例にもれずにヴィートも騎士を目指した。そのためにひたすら努力を重ねた。自分の見た目はどうやら女性受けがいいらしく、学校では多くの女性から言い寄られていた。しかし、ヴィートはそれに構っている余裕がなかった。

体の弱い母や、兄弟たちのために——早く騎士となって、安定した稼ぎが欲しかったのだ。

こうして、ヴィートは十六歳という若さで、騎士団の入団試験に合格した。これで母たちに楽をさせてあげることができる……と、彼は安心した。

その直後のことだった。彼の身に、災難がふりかかったのは。

その日、ヴィートは遺跡探索の護衛についていた。

神殿跡の地下遺跡。それは辺境の地で最近になって発見された遺跡だった。今は朽ち果てた古代神殿の内部で、地下に続く通路が発見されたのだ。そこには多くの魔物が住み着いていた。

王宮魔道士と騎士で調査隊が編成され、そこに向かうことになった。

そして——

「いやー参ったね」

ヴィートは一人の男と一緒に、遺跡の通路を進んでいた。

彼の名は、ルカ・レンダーノ。

その容姿は浮世離れしているほどの美貌だった。淡い色合いの水色髪、白銀色の瞳。全体的に色素が薄く、儚げな印象である。

王宮魔道士にして、この国でもっとも優れた魔道士として名を馳せている男だった。侯爵家の当主。二八歳、独身。その上、これだけの美しい容姿に、魔導士としても有能とくれば——女性が放っておくはずもない。有力貴族の令嬢たちはこぞって、彼の正妻の座を狙っているという。

彼とヴィートは二人で遺跡を探索していた。魔物との戦闘の際、隊からはぐれてしまったのである。

「んー、困ったな。迷っちゃった」

非常時にもかかわらず、ルカはへらへらと緊張感のない態度だ。口ぶりも薄っぺらく、つかみどころのない男であった。

一方でヴィートは警戒を怠らなかった。鋭い視線で辺りに気を配りながら歩いている。

「レンダーノ様。あなた様のことは私が必ず、この命に代えてもお守りいたします」

「えー。そういうのとか、いいからさ。というか、可愛い騎士の女の子に忠誠を誓われるのなら僕も大歓迎だけどね？」

「は……はあ……。申し訳ありません」

と、ヴィートは生真面目に謝りながらも、内心では戸惑っていた。

――この人、扱いに困るな……。

という気持ちが一つ。もう一つは、不安に思えてきたからである。未知の遺跡、ここに潜む魔物がどれほど凶悪なのかもわからない。隊からはぐれてしまい、自分とルカだけという状況。

その片割れがこの態度では、不安にもなる。

（何か微妙に頼りにならなそうな……）

と、ヴィートは考えていた。いざとなったら彼に頼るのはやめておこう、と思う。

その時だった。ルカがふと足を止める。

「……いる」

「はい……？」

何気ない様子で、彼は奥の通路を窺っている。

「この気配、魔族だ」

「なっ……！」

「一本道か。引き返すのは面倒くさいね……。ってわけで、このまま進もうか」

「レンダーノ様⁉　魔族って……あ、お待ちください！」

魔族とは、魔物の上位種族だ。

知能があり、言葉を話し、強大な身体能力と魔力を持つ。もし遺跡で遭遇することがあったら、すぐに逃げろ――それが騎士団での教えだった。

しかし、ルカは気負った様子もなく奥へと進んでしまう。ヴィートは面食らってから、慌てて彼の後を追いかけた。

通路の先は大部屋となっていた。その中に足を踏み入れて、ヴィートは硬直した。心臓が早鐘を打ち、全身から冷や汗が流れ出す。今すぐに引き返した方がいいと本能が叫んでいる。そこにいるのは自分ではとうてい敵うはずもない、化け物だ。

その姿を視界に入れるのも、そうとうな胆力を要した。

奥に佇んでいるのは、一人の男だった。赤い瞳が怪しく光っている。「悪魔族」とルカが小さく呟く声が耳に入った。

悪魔族の男は傲慢《ごうまん》そうに目を細める。

「ふん……人族か。それも男が二人とは……。まったく、これが美女であれば、我の心も多少は潤ったものを」

「僕も同じこと思っていたよ。気が合うね。ついでに、このまま黙って見逃したりしてくれないかな？」

「我の住処を荒らして、このままで済むとでも思うたか？　舐められたものだな」

悪魔族が床から浮かび上がって、空中に浮遊する。その瞬間、流れこんできた殺気に、ヴィートは動けなくなった。死ぬ、と本気で思った。

そんな緊迫感のある空気をものともせずに、ルカは悪魔族に歩み寄っていく。

（レンダーノ様……す、すご……）

次の瞬間、両者は互いに魔法を放った。魔法が衝突し合い、閃光が弾け、轟音が響く。

——何だ、これ。現実だろうか。

そのあまりに苛烈な戦闘模様に、ヴィートはむしろ呆気にとられていた。ルカに加勢することもできない。むしろ、自分がこの中に入っていたら、邪魔にしかならないと彼は痛感していた。

二人の姿を目で追うことができない。目まぐるしく展開される光と音と熱波に、ヴィートは放心するしかないのだった。

事態に変化が起こったのは、二人の魔法が衝突し合ってから少し経ってからのことだった。

ヴィートの目でも、彼らの戦況が追えるようになっていた。どうやらルカの方が押しているらしい。ルカは険しい表情で、吐き捨てる。

「さすがに悪魔族ともなれば、手ごわいな……！　消滅ではなく、封印させてもらおう」

ルカが筆頭魔道士として、名を馳せるようになった理由の一つ。

それは彼の使用する『封印魔法』だった。四属性のどれにも属さない『聖』魔法。聖属性の魔法を使いこなせる者は、極めて稀な存在である。

ルカが印を切りながら、呪文を唱え始める。光が収束し、悪魔族の周囲を囲った。

「…………っ！」

それまで冷静であった悪魔族が、初めて焦った様子で顔を歪める。その姿が突然、かき消えた。

ヴィートは愕然として、その光景を見上げる。悪魔族が目の前にいる。そして、自分の腕をつかんでいた。

転移魔法だ。

「……………え？」

その瞬間、封印魔法は発動した。悪魔族が消滅する。

ヴィートは何が起こったのかわからない。呆然と自分の腕を見る。一瞬だけ、カッと熱くなる感覚が宿ったが、今は何も感じない。肌には見覚えのない紋様が刻まれていた。

「…………あ」

ものすごく間の抜けた声が上がった。ルカが目を見張って、ヴィートのことを見ている。

「ごめん。何か……ごめん」

「え……？」

「さっきの悪魔、君の腕に封印されちゃったみたい」

「ええ……!?」

ヴィートは焦って、右腕を振り回す。体には何も変化はない。それだけに肌に浮かび上がった謎の紋様が不気味だった。

というか、自分の体に魔族が封印されているなんて、嫌すぎる。ヴィートはすがるようにルカを見る。

「いや、何でそうなるんですか!?　すぐに追い出してくださいよ！」

「うーん……」

ルカは困り切った様子で頬をかいている。

「体に何か変化は？」

「今は特に何も……」

「それじゃ、大丈夫じゃない？　…………たぶん」

「たぶんって！」

——完全にとばっちりだった。


それからというもの、ヴィートの体に不思議なことが起こるようになった。

例えば、街中を歩いている時——

（え……？　うわ……っ）

突然、右腕が勝手に動き出す。そして、そばを通りかかった婦人の手をひしと握りしめていた。

彼女が不快そうな顔でヴィートを見る。ヴィートは慌てて弁解した。

「いや、これはその！　ちがうんです！　俺じゃないです！」

「は……？」

「そんなつもりはなくて！　体が勝手に！」

「……何それ」

しかし、弁解すればするほど、女性は憤怒を露わにしていく。

最終的には顔を真っ赤に染めて、頬を引っぱたいてきた。

「ふざけんじゃないわよ、この変態！」

腕が動くのは一日のうち数秒ほど。勝手に女性に触りに行こうとする。

ルカに相談に行けば、「魔力を上げれば、体を支配されることはなくなる」と言われた。そういうことではなく、「悪魔族を追い出してください」とお願いしてみれば、

「えー……でもなあ。封印を解いたら、悪魔族、復活しちゃうし」

「そんな……!?」

その後、ルカが長期任務で王宮を外すことになり、相談にも乗ってもらえなくなった。

これがもっと深刻な災いをもたらす存在ならば、ルカもどうにかしてくれたかもしれない。しかし、ヴィートの右腕は別に誰かを傷付けることはしない。胸や尻など、際どい箇所を触ることもしない。

女性の手を握るだけなのである。頻度は一日のうち一回あるかないかという程度。

だが、いきなり男に手を握られて、その男が「俺のせいじゃない！　右手が勝手に！」などと弁解を始めれば、女性が不快に思うのも当然であった。

ヴィートは悩んだ。

当人にとってみれば、深刻な悩みだった。女性の不評を買い、頬を叩かれたり、「変態」「気持ち悪い」「死ね！」と暴言を吐かれたりするのは、さすがにきつかった。

悩み抜いた結果――彼は一つの対策をとることにした。

その日もヴィートの腕は勝手に動き出す。王宮仕えのメイドの手を、はしっと握りしめていた。

メイドは目を丸くして、ヴィートの顔を見ている。

（ああ、ごめんなさい、すみません……！）

内心では必死に謝罪しながら、ヴィートは腹をくっていた。彼女の顔を見返して、ほほ笑んでみる。

「と……とっても綺麗な方だなと、思わず、手を握ってしまいました。ああ、見れば見るほど何と美しい方だ……」

自分で言っておいて、鳥肌が立ちそうになった。

メイドが呆然とした顔をしている。じっと見つめられて、ヴィートは冷や汗をかく。

――失敗したか？　今のはさすがに軽薄すぎただろうか？

と、焦る心とは裏腹に。メイドは、ぽっと嬉しそうに頬を染める。

「…………まあ」

満更でもない反応だった。ヴィートは愕然としていた。

（これでいいのか？　……いいのか⁉）

その後、彼は常に疑問符を携えながらも、必死で女性を口説くようになったのだった。

第四章　英雄の試練

「ジーナ、あんたの菓子……すごいよ！　これ、食堂のメニューとして採用してもいいかい⁉」

料理長のエマに迫られて、ジーナは戸惑っていた。

――どうしよう。

自分の料理に「魔力増幅の効果があるかもしれない」ということは、エマに話せない。しかし、エマはすっかりその気になっている。目をキラキラと輝かせていた。

事の発端は、ジーナが作った焼き菓子だった。

その日、いつものようにジーナは早朝から菓子を焼いていた。カンノーロ――筒状の生地に、チョコレートをコーティングして、たっぷりのクリームを詰める。飾りにはオレンジピールを載せた。それを袋に詰めて、昼食の場に持って行った。

しかし、その時、袋に入れ忘れたカンノーロが一つ……食堂に残っていたのだ。それに料理長のエマが気付く。

「本当は食べるつもりはなかったんだけどね……あんまりに見た目が綺麗で、おいしそうだったからつい……」

と、後に彼女からは謝罪された。

何はともあれ、エマはジーナの作った菓子を食べてしまったらしい。その後、ジーナは彼女に迫られていた。「あのカンノーロはものすごく美味しかった……！　あんな夢のように美味しい菓子……売り出さなきゃもったいないよ！」とのことで。

「すみません。私には、荷が重いので……」

「何言ってるんだい！　あんなに美味しい菓子は、宮廷料理人にだって作り出せないよ！」

「でも……」

「あんたは才能がある！　ぜひ、料理人になるべきだ」

エマはよほど興奮しているらしい。何度も熱心に口説かれて、ジーナは「考えさせてください」と言うのでせいいっぱいだった。

「ベルヴァ……どうしよう」

寮室に戻って、ジーナはベルヴァの前にしゃがみこんでいた。

エマはすっかりその気になっていた。だからといって、自分の料理を学校の生徒たちに振る舞えば、何が起こるのか——

「無理。絶対に、無理……」

ジーナはふるふると首を振る。

ジークハルトからの指示でもあった。ジーナの料理で魔力が増幅するということは、他言無用ということになっていた。それは父・

ジーナが悩んでいると、ベルヴァがぽんと前足を肩に乗せてくる。まるで慰めてくれているみたいだ。その様子に心が和んで、ジーナはくすりと笑った。

（でも……エマさんに褒めてもらえたことは、嬉しかったな……）

と、ジーナは思い直す。

ベルヴァの頭を撫でる。なぜか嫌そうな顔をされた。ベルヴァは頭をぶんぶんと振って、ジーナの手を払うのだった。

次の日、昼食の場でジーナはその話をしていた。

クレリアは顔を輝かせて、

「すごい！　料理長さんにも認められたんだね。やっぱりジーナの料理は、とっても美味しいもんね」

と、自分のことのように喜んでくれる。

一方で、ヴィートは複雑そうな表情だ。

「ジーナちゃんの料理は確かにすごく美味い。売れると思うし、人気も出るだろう。だけど、だからこそ、その話、俺はあまりお勧めできないけど……」

その反応は当然だと思うので、ジーナはこくりと頷いた。

きっとシストも同意見だろうと彼の顔を見る。すると、シストは考えこむように手を口元に当てていた。

「決めるのはジーナだが。俺はやってみてもいいと思っている」

「え……？」

「誰が作っているのかは伏せてもらって……数も少量だけ、限定販売にするのはどうだ」

「殿下。それでジーナちゃんの能力を実験してみようってことですか？」

ヴィートの言葉に、シストは首を振る。

「ジーナの料理が認めてもらえたんだ。……自信になるだろう」

ジーナは目を見開いた。胸がドキリと跳ねる。

「お前は料理を褒められると、戸惑った顔をすることがある。お前の料理は本当に美味いんだ。もっと自信を持っていい」

ジーナは戸惑って、目を伏せた。

図星だった。「まずい」「ひどい味だ」――フィンセントの言葉はジーナの中で薄れかけている。でも、未だに皆に料理を褒められると、「過大評価ではないか……」と委縮してしまうことがある。

（シスト様……私が料理に自信をなくしていたこと、気付いていたんだ……）

だから、エマに認めてもらえたこと、食堂で売り出そうと言ってもらえたことは嬉しかった。

ジーナは頬を染めて、きゅっと手を握りしめる。

「………私、やってみたいです」

決意をこめて、口を開く。

ヴィートはほほ笑んで肩をすくめるが、何も言わなかった。クレリアは笑顔で「応援するね！」と告げる。

その後、食堂でジーナの菓子は条件付きで販売されることになった。一日五個の限定販売だ。あくまで食堂のメニューの一つとして、誰が作っているのかについては伏せられていた。エマが従業員にもしっかりと口止めをしてくれた。

そして――

「ものすごく美味しい焼き菓子が売り出された！」

カンノーロは、その日から生徒たちの間で評判になっていた。

「ねえ、食堂のカンノーロ！　もう食べました？」

「あの幻の？　なかなか手に入らないって噂だけど……」

「どうして五個しか売ってくれないのかしら！　あんなに美味しいんだから、もっと増やしてくれればいいのに」

学校のいたるところで、その噂がささやかれる。

それはジーナの耳にも届いていた。校内を歩いている時に、その話が聞こえてくると、胸がじんわりと温かくなる。

（……『美味しい』って、本当に素敵な言葉）

認めてもらえる。自分の料理を食べて、笑顔で「美味しいね」と言ってくれる人がいる。それだけでこんなに胸が満たされていく。

食堂で働き始めた頃、ジーナは自信がなかった。自分の料理が嫌いになりそうだった。料理のことを考えると顔がこわばって、うまく笑うこともできなくなっていた。

それが今は、昼食の場でシストたちと過ごす時も、学校で自分の料理が噂になっているのを耳にした時も。自然と頬が緩んで、笑うことができるようになっていた。

——お料理が好きで……お料理の勉強をずっとしてきて、よかったな。

ジーナは心からそう思うことができた。

◆

「あの、エリデ様！　これ……よかったらどうぞ」

「まあ……これが噂のカンノーロ？」

男爵令嬢のエリデは、一部の男子生徒に熱狂的なファンを抱えていた。きつめではあるが、美しい顔立ち。高慢で我儘そうな態度も『女王様みたいでいい』とのことで、一部の男子からは人気を博しているのだった。

そして、その日も——エリデのために貢物をする男子がいた。彼は学校で話題になっているカンノーロを運良く入手することができた。それを迷わず、エリデに捧げていたのだ。

「あ、でも、これ、一つしかないのね……残念だわ」

エリデは目を輝かせた後で、切なそうな面持ちをする。すると、彼は興奮して頬を紅潮させる。

「エリデ様のためなら……！　もっと買ってきます！」

「まあ……嬉しい！　ありがとう」

エリデはにっこりとほほ笑んで、彼の手を握る。男子はすっかり鼻の下を伸ばし、やに下がった笑みを浮かべていた。

彼が去った後、

（ああ、嫌だわ……さっきの男の手汗が……。汚らわしい）

エリデは内心で忌々しく思いながら、ハンカチで手を拭っていた。しかし、我慢して手を握ってやった甲斐があって、収穫があった。

エリデの手には、男子から貢がれた焼き菓子がある。それも計三つ……すべて別の男子から献上された代物だった。

（この評判の菓子があれば……きっと、フィンセント様だって……！）

と、彼女は上機嫌で、目当ての人物の下へと向かう。

「フィンセント様！」

エリデはフィンセントに、そのカンノーロを差し出した。

「これ……私が作って来たんですぅ♪」

◆

生徒たちは唖然として、その光景に見入っていた。

魔法の実技授業が行われる訓練室。的に向かって魔法を行使する授業内容だった。その的がすべて焼却され、灰と化していた。それは一瞬の出来事だった。

「すごい……一瞬で……！」

「三十は撃ち落としたぞ……」

生徒たちはごくりと息を呑んで、彼へと視線を移す。尊敬と畏怖をこめた眼差しを送った。

第一王子、フィンセント・フェリンガ。

彼は荒んだ目を正面に向けている。遺跡から戻ってきた彼は、がらりと雰囲気が変わっていた。頬はこけ、柔和だった眼差しは猛禽類のように鋭く光っている。

その日の授業で、彼は規格外の成績を残した。

通常の生徒であれば、的に向かって一つずつ魔法を行使する。少し優秀な生徒ともなれば、二つ同時に撃ち落とすこともできるだろう。

だが、その日、フィンセントは三十もの的を同時に『火炎弾《スター・フレア》』で射貫いたのだ。

生徒たちからは感嘆の声が漏れる。

「やっぱり殿下は、この学校始まって以来の天才だ……！」

「さすがですわ。英雄王に匹敵するほどの魔力量！」

皆からの賞賛の声に、フィンセントは感情を昂らせていた。

興奮のあまり瞳孔を開きながら陶酔感に浸る。

(やはり、先日までのは体調不調……！　これが私の本来の力なのだ！)

そして、彼はこうも考える。

──私の本来の実力があれば……！　あんな落ちこぼれなど、ひとひねりにできるだろう、と。

「フィンセント様！　今日もとっても素敵でしたわ。これ、差し入れです♪」

授業終わり、フィンセントはエリデに話しかけられていた。

彼女がいそいそと差し出してくるのは、カンノーロだ。

それを初めて口にした時、フィンセントは感動した。

さくさくの生地。薄く塗られたおかげで、パリパリとした食感となったチョコレート。そして、中からとろけ出すクリームは甘すぎず、こってりしすぎず、絶妙な味わい——。

——これだ！　私が求めていた菓子はこれだったのだ！

フィンセントはそれを夢中になって頬張った。デフダ遺跡での最悪な食事事情から考えれば、それは夢のように美味しかった。

それからというもの、エリデは毎日のようにそのカンノーロをフィンセントに差し入れてくれる。すると、不思議なことに体中に力がみなぎるような感覚が起こったのだ。

先日までの不調が嘘のように治っていた。シストとの魔法決闘の時はやはり体調が悪かったのだろう、とフィンセントは思っていた。ジーナが失踪したことで満足のいく食事を味わうことができず、心労がたまっていたのかもしれない。

何はともあれ、フィンセントはようやく自身の実力を発揮できるようになったと考えていた。

エリデが今日もカンノーロを差し出してくる。それを見て、フィンセントは険しい面持ちをした。

「……またそれか」

「え……」

「私は昨日、クロスタータが食べたいと言ったはずだが」

「そ、それはその……」

エリデは途端に慌てて、目を泳がせる。

「それはまたそのうち作りますわ！　わたくし、最近、このカンノーロにはまっていますの。フィンセント様も気に入ってくださっているではありませんか」

「ああ。だが、毎日であれば飽きる」

と、フィンセントは乱暴にエリデの菓子を奪いとった。文句は付けても、その菓子の美味しい誘惑には勝てなかったのだ。彼は渋い顔で——ともすれば、まずそうにも見える顔で——カンノーロを頬張る。

「明日は別の菓子を持ってこい。よいな」

高圧的な口調で告げるのだった。

◆

（フィンセント様……食べるだけ食べておいて、全然、褒めてくださらないのね……）

エリデは内心でそう思っていた。

フィンセントのカンノーロへの食いつきはよかった。夢中になって食べていた。しかし、食べ終わると、「明日も持ってこい」か、「次はあれが食べたい」しかフィンセントは言わない。一言も「美味しい」とは言ってくれなかった。

エリデはそのことが不満ではあったものの……。

（まあ、いいわ……。フィンセント様も最近は、調子をとり戻されているようだし。王位を継ぐのはこの方だもの）

エリデが欲しいのは王妃の座だ。それに、と彼女は考える。

（フィンセント様はジーナの婚約者！　ああ、ジーナからフィンセント様を奪えば……あんなメシマズ女より、私の方が優れていると証明される……！）

その様子を想像して、エリデはうっとりと頬を染める。

何て気分がいいのだろう。

ジーナに、料理でも、女としても、自分は勝つことができるのだ。エリデはその陶酔感に酔って、口角を上げるのだった。

◆

王都トゥオーノは、学校より馬車で半日ほどかかる。

学校の休日――フィンセント・フェリンガは早朝から馬車を走らせていた。

彼がトゥオーノ城に足を踏み入れると、周囲の者たちは膝を折って、敬意を払う。

「殿下」「ご機嫌麗しゅう」と、恭しく紡がれた言葉に、フィンセントは満足していた。フィオリトゥラ王立学校では表向き、生徒の身分を振りかざすことを禁止されている。教師の言うことに生徒が逆らうことも許されない。そのため、フィンセントは日ごろから鬱憤をためていた。

（やはりこれが私のあるべき姿だ）

と、気分をよくして、目的の部屋まで向かう。

「父上、いらっしゃいますか。お話があります」

フィンセントは、国王アベラルド・フェリンガの部屋を訪れた。室内には母・マファルダの姿もあった。どちらも金髪碧眼の容姿で、フィンセントと似ている。

マファルダはフィンセントの顔を見るなり、そばに寄ってくる。うっとりとした様子でフィンセントの頬に手を伸ばした。

「ああ、フィンセント……！　帰って来ていたのね。まさかお前が遺跡なんて、危険な場所に行かされるなんて……母は心配でたまりませんでした。無事に戻って来てくれて何よりです」

「母上。お久しぶりです」

「何用だ」

息子との再会に感極まった様子のマファルダ。一方でアベラルドは顔色を変えることなく、冷徹に問いただした。

「父上……なぜ私がデフダ遺跡への調査に向かうこと、止めてくださらなかったのですか。手紙でも申し上げたはずですが」

「お前はシストに決闘で負けた。遺跡の件は、決闘での取り決めだろう。それに発案者はお前だと聞いている」

「それは……！」

フィンセントは歯噛みする。まさかあの時は自分がシストに負けるとは思いもしなかったのだ。

ちょうど決闘の前日に、フィンセントはデムーロからデフダ遺跡への調査の話を聞かされた。

とても危険な調査になると聞き、シストへの制裁にぴったりだと思ったのだ。

「あの決闘は無効だと言っているではないですか！　あの時、私は体調不良にあったのです。そうでなければ、私がシストに負けるはずがないでしょう」

「ああ……可哀そうなフィンセント……。ええ、その通りです、陛下。わたくしの息子は、学校が始まって以来の大天才と評されるほど、優秀なのです。それなのに、あんな無能……いえ、魔法の素質に劣る者に敗北するなど考えられません」

マファルダは吐き捨てるように告げた。シストのことは名前を口にするだけでも汚らわしいとでも思っている様子であった。

母からの援護に気をよくして、フィンセントは胸を張る。

「そうです、父上。そして、遺跡に同行したデムーロという男ですが、彼は数多くの狼藉を私に働きました。即刻、クビにしてください」

アベラルドは鋭い視線でフィンセントを射貫く。その面持ちに呆れたような色が含まれていたことに、フィンセントは気付かなかった。

「……できぬ」

「なぜですか！　あの男は学校に赴任して一年目の新任教師……指導方法も技術も、そして私に対する態度もどれもが拙く、教師として相応しいとは思えません」

「フィンセント」

　マファルダが口を挟んだので、また自分の援護をしてくれるのだろうとフィンセントは期待をこめて母を見る。しかし、マファルダはあっさりとその話を流した。

「その男の話は、置いておきなさい」

「母上までもですか⁉」

「そんなことより、決闘の話です。お前が負けるなど何かの間違いであったとわたくしは思っています。きっと、出来損ないのあれがお前の食事に悪い物を混ぜたか、能力を封じる魔道具でも仕込んだに決まっています」

「はい。腹立たしいことに恐らくは。ですが、仮にシストがあの決闘で不正を働いていたとしても、それを今さら暴くことは不可能でしょう。ですから、私は決闘のやり直しを求めます」

「……それがどういうことか、わかっているのか」

　アベラルドは厳かな声で言葉を紡ぐ。

「この国の慣習を知らぬわけでもあるまい。我が国は英雄王によって興され、英雄王の血を引く者を代々、王として定めてきた。――決闘の結果次第によっては、真に王として相応しいのがどちらであるか、公知のものとなるのだぞ」

「父上……！　私が二度もあんな無能に負けるとでもお思いなのですか⁉」

「シストを無能と呼ぶなと、私は前にも諫めたはずだ。お前の弟なのだぞ」

「ですが……！」

「よいではないですか。陛下」

話に割って入ったのは、マファルダだった。扇で口元を覆い隠して、彼女は目を細める。

「フィンセントが王位を継ぐことは、確固たる事実であっても……このままでは民に示しがつきませんもの。ここは一つ、『英雄の試練』を執り行ってはいかがです？」

「あれはここ百年近くにわたって、開催されておらぬ。国中から関心を引く事態になるとわかった上で、言っておるのだな？」

「ええ、わたくしは構いませんわ。フィンセント。お前もそうでしょう？　民の前でお前の真の実力を見せつけておやりなさい」

「はい。母上」

フィンセントは暗い笑みを湛えると、

「あの無能……いえ、私の弟も、次こそは思い知ることでしょう。私の力が、どれほどのものであるのかを」

数日後、国中にお触れが出された。『英雄の試練を執り行う』との旨だった。

その通達を耳にし、公爵家の当主ジークハルトは険しい表情を浮かべていた。

「まさかこのような事態になるとは。娘の身が心配だ……」

◆

王都が宵闇に沈む時間帯。

王妃マファルダは自室のバルコニーに佇んでいた。険しい面持ちで街並みを見渡している。

ふと、彼女の背後で空間が歪んだ。一際、闇が濃い一角にその影は現れた。

「――お呼びですか。王妃様」

マファルダは振り返ることもしない。扇で口元を隠し、潜めた声で告げた。

「お前は、遺跡でフィンセントを危険にさらしたそうですね」

「誤解があるようですね。私はフィンセント殿下に適切な指導を行ったまで。……フィオリトゥラの教師として」

男の顔には影がかかっている。そのため、顔付きが判別できない。王妃と対話しているとは思えないほど、飄々《ひょうひょう》とした口調だった。

「もちろん、私がついている限り、殿下に危険はありませんよ。遺跡でも全力でお守りいたしました」

「本来であれば、遺跡に向かうのは出来損ないの方であったというのに……。少々、手違いがあったようです」

男は何も答えずに肩をすくめる。彼が手首にはめている無骨なリングが、しゃらん、と闇の中で揺れた。

「あれは何としぶといのでしょう。今回も運よく免れただけでなく、十年前のあの時だって事故に見せかけて、処分してしまう計画でしたのに」

忌々しそうに吐き捨て、マファルダは勢いよく扇を閉じる。

「『英雄の試練』では死傷者が出ようとも、その責任はいっさい不問にするという決まりがあります。これは絶好の機会です」

男は何も言わない。主人からの命令を待つ忠臣のごとく、微動だにせずに佇んでいる。

「試合前に、お前はあの出来損ないに魔法をかけるのです」

「細工をするということですか」

「フィンセントがあれに負けるとはわたくしも思いません。ですが、不安の芽は摘んでおくに限ります」

沈黙が落ちる。男は恭しく告げた。

「仰せのままにいたしましょう」

◆

国からのお達しは、王立学校にも届いていた。

ジーナの耳にその話が入ったのは、従業員の噂話からだった。彼らも朝からざわついて、その話題ばかりを口にしている。

「英雄の試練を行うなんて。とっくに廃れた制度だと思っていたけど……まだ残っていたんだねえ」

　年若い従業員がエマに尋ねる。

「料理長、英雄の試練って何ですか？」

「王位を決めるため、この国に古くから定められている伝統的な方式だよ。つまり、公式な決闘ってわけさ」

「それって、こないだもやってませんでした？　前回はシスト殿下が勝ったんですよね」

「馬鹿なことを言ってんじゃないよ。先日の決闘とは深刻さがまるでちがうのさ」

　彼女の言う通りだった。

　魔法決闘は、言わば学生同士のお遊びのようなものだ。審判が危険と判断した場合、即座に止めに入ることとなっている。

　しかし、英雄の試練は命をかけた真剣勝負だ。試合中、外部からの介入はいかなる理由があろうとも禁止されている。戦闘方法に規定はなく、武器や魔道具の持ちこみも自由だ。極端な話、刃に毒を仕込んだナイフを使用しても問題ないのだ。そして、対戦相手を殺傷しても罪には問われない。

　フィンセントはシストに憎しみに近い感情を抱いている。彼が決闘で何を仕出かすのか、ジーナは怖かった。

　その後、ジーナは仕事が手に付かなかった。昼食休憩になると、急いで食堂を飛び出した。

「シスト様……っ」

通り道でシストの姿を見かけ、ジーナは声をかける。

「お話、聞きました。『英雄の試練』を行うと……」

「ああ。フィンセントの奴、先日の決闘がよほど口惜しかったのだろうな」

と、シストも苦い表情をしている。

その時だった。

「お前がそうやって調子に乗っていられるのも、今のうちだけだ」

割って入った声にジーナは硬直する。自分の顔から表情がすとんと抜け落ちるのがわかった。

ジーナは感情のない瞳で、彼の姿を捉える。

フィンセントの不遜な態度も口ぶりも変わらない。それどころか、以前よりも目付きが荒んで、嫌な空気までまとうようになっていた。

「あの時の私は不調だったのだ。先日のような奇跡は、二度も起こらないと心得ておくがいい」

「お前もしつこいな……。俺は王座に興味はない。何もしなくても、あんたが王位を継ぐのは決定事項だっただろうが」

「それでは、私の気は済まない！　お前のような無能者に敗北したとあっては……一生の恥だ」

「無能ではありません」

気が付いたら、ジーナはそう口に出していた。フィンセントの言葉にじんと怒りが湧き上がり、黙っていられなかった。

「シスト様を悪く仰るのは、やめてください」

「貴様は……。先日も、私に口答えをした雑用人か」

フィンセントは不快そうに顔をしかめる。鋭い視線をジーナは冷静に受け止めていた。こうして彼と対峙しても、今は恐怖を感じなかった。ジーナの心にあるのは、シストを侮辱されたことに対する怒りだけだ。ジーナが冷えきった眼差しで見返すと、フィンセントは険しい面持ちをする。

「何だ、その目は！　顔だけでなく、心まで可愛げのない女だな」

「…………は？」

それに低い声で応えたのはシストだった。

「目が腐っているのは、お前の方だろう。フィンセント。ジーナは可愛い」

不意打ちだったので、ジーナはぽっと顔を赤く染める。

（えっ……!?）

と、冷えきった面持ちから一転して、うろたえていた。

（う、ううん……シスト様はこう見えてお優しい方だから……。私をフォローするために言ってくださっただけよね）

胸元をきゅっと握りしめて、何とか心を落ち着けるのだった。

フィンセントは馬鹿にしたように笑うと、

「はっ……。私はそんな小汚い女を娶《めと》りたいとは露ほどにも思わないが、お前には確かにお似合いなのだろうな」

彼は見下しきった目をシストに向ける。

「そして……お前を、その女の前で打ちのめしてやったら、さぞ気持ちがいいことだろう」

自分の勝ちをすでに確信しているのだろう。その声は高慢さに塗れていた。

◆

その日もエリデは、フィンセントにカンノーロを差し入れていた。

「また同じ物か？　いい加減、別の物を作ってこい。よいな」

フィンセントは渋面でそれを奪いとる。エリデには興味もない様子で、その場から去るのだった。

（本当に文句ばかりね、フィンセント様って……）

と、エリデはげんなりとする。

あれだけ文句を言うのなら、カンノーロはもう要らないのだろうか。そう思って何も持って行かないと、今度は「なぜ持ってこないのだ」と非難されるのだ。

エリデはだんだん彼に貢ぐのが面倒くさくなってきたが、フィンセントが菓子に執着しているのは確かなようである。このまま彼の胃袋をつかんで、婚約者の立場を手に入れようと画策していた。

そのためには、そろそろ別の菓子が欲しいところだが……。

（誰が作ってるのかしら、あのカンノーロ……）

従者を遣わせて食堂に確認したが、作成者については頑なに教えてもらえなかった。

このままでは困る。フィンセントに毎日のように文句を言われるのも限界だった。

（他のが手に入らないんだから仕方ないわ。明日は私が作った菓子を持って行きましょう）

エリデは男爵令嬢だ。この国では、菓子作りは令嬢の嗜みとされている。もちろん、エリデも一通りの菓子は作れる。

――よく考えてみれば、何もあのカンノーロじゃなくてもいいのよね。それなら私の菓子だっていいはずだわ！

エリデはほくそ笑んだ。自分の手作り菓子を口にしたフィンセントが、喜んでくれる光景を想像して。

校舎の屋根の上に、その影は二つ佇んでいた。

片方は黒犬。そして、片方は猫のぬいぐるみ。両者ともに赤い瞳を怪しく光らせながら、学校内を見渡している。

「へぇ……？　『デンカー』同士の対決だってよ。おもしろそうじゃねえか」

黒犬ベルヴァはにやりと笑う。しっぽをふりふりと上機嫌に揺らしながら、学校内を観察していた。

「どっちが勝つと思う？」

「ふん……賭け事は好かん」

「あ？　つまんねえな、悪魔族ってやつは」

「血の気しかない魔狼族に言われたくはないわ」

ベルヴァは不満げに尻尾を振る。そして、遠くに視線を飛ばした。野外に設置された訓練施設。そこで魔法を撃っているのは、フィンセントだった。

「おい。あっちの『デンカー』だ」

と、ベルヴァはフィンセントの魔法を観察する。

「なるほどな。前の時は魔力量にあぐらをかいただけのボンクラだったが、格段に魔法の扱い方がうまくなっている」

「ほう……よほど良い師と巡り合えたのだろうな」

リズもベルヴァの横からひょっこりと顔を出して、そちらを見る。彼の視線はフィンセントではなく、その傍らに立つ教師の方へと吸い寄せられた。

「ぬ……？」

「どうした」

「あ奴は、まさか……」

リズは忌々しそうに、大きな頭を振る。ぴょんぴょんと飛び跳ねて、屋根から下りた。

「我はしばらく、小僧の腕の中にこもっておる。起こすでないぞ」

「おい……」

ベルヴァは怪訝そうな声を上げる。

◆

一週間は瞬く間に過ぎた。

『英雄の試練』が開催される当日――

ジーナはいつもよりも早い時間に起床していた。お仕着せ服をまとって、髪を丁寧に編みこんでまとめる。朝から胸がドキドキとして落ち着かない。今日の試合のことを考えると、自分が出場するわけでもないのに、不安に押し潰されそうだった。

ジーナは食堂に向かうと、お菓子を作り始める。バターと砂糖を混ぜ、卵をくわえる。生地を作りながら、ジーナは願っていた。

(シスト様が勝つと信じています)

その生地を平らに伸ばす。花の型で一つずつ、丁寧に抜いていった。

(……どうか、シスト様が怪我をしませんように)

できたクッキーを並べて、オーブンに入れる。橙色に染まるオーブンを見つめながら、ジーナは胸元をそっと抱いた。

ジーナがその日作ったのはカネストレッリだ。前回の魔法決闘の時にも差し入れたのと同じ物だった。

もっと手のこんだ菓子の方がいいかとも考えたが、なぜかこの菓子が一番に頭に浮かんだ。ジーナが菓子作りを好きになれた、思い出の品。シストも好物だと言っていた。前回の決闘でこれを渡してフィンセントに勝てたこともあり、勝利の願いをこめるのにも相応しい菓子のように思えた。


クッキーを一枚ずつ、袋に詰めてラッピングする。それを携えて、ジーナは食堂を後にした。

シストと待ち合わせをしていたのは、いつもの空中庭園だった。ジーナが到着すると、ちょうど向かいの通路からシストがやって来るのが見えた。

「シスト様。おはようございます。こちら、差し入れです」

と、ジーナは包みを差し出す。本当は不安でたまらなかったけど、ここで悲しげな顔をするよりは、とジーナはほほ笑んでみせた。

「シスト様がお怪我をされないようにと願いをこめました」

シストは目を見張って、ジーナの顔を見ている。何も反応がない。

何かおかしかっただろうか、とジーナが焦った直後。

シストは菓子の包みに手を伸ばす。ジーナの両手ごと包みこんだ。

え……!? と、慌てるジーナ。触れ合った手がカッと熱くなる。

すると、シストもハッとして、

「すまない。今朝は少し緊張して……」

と、目を逸らされる。でも、なぜか手を離してくれない。

ジーナはドキドキと鳴る胸を必死で抑えようとしていた。

(そ、そう……。さすがのシスト様もこれだけの大舞台ともなれば、緊張をするのね)

と、シストの行動に理由を付けて、自分に言い聞かせようとした。

落ち着かずにあちこちに散った視線。意を決して、シストの方を向く。彼は柔らかい笑みを湛えていた。

「だが、可愛すぎて癒された。ありがとう」

「え……」

ようやく手が離れる。シストは菓子を受けとって、それを眺めている。

だが、ジーナの手に宿った熱は、なかなか引いてくれなかった。

(可愛いって……、あ、ら、ラッピングの話……?)

と、またもや自分を納得させ、ジーナは自分の手を胸元で握る。

「まだ時間に余裕がある。少し話していかないか」

「は……はい」

シストに促されて、ジーナはガゼボの椅子に腰かけた。まだ手の指に熱がこもっているような感覚に、ジーナは膝の上で指先をそわそわとさせる。

「俺の魔力は昔から何をしても増やすことはできなくて……。前の決闘もフィンセントに勝てるとは、自分でも思っていなかった。すべてはジーナと、ジーナの料理のおかげだ。ありがとう」

ジーナは落ち着きなくさ迷っていた指先を、きゅっと握る。

「私の方こそ、シスト様に感謝しています。私……自分の作る料理が美味しいと思えなくなっていました。どんな料理を作っても、ある方が『美味しくない』と言うので……」

「何だ、そいつは⁉　舌か頭がおかしいんじゃないのか？」

想像以上に激しい反応がきて、ジーナは目を見開く。肩の力が抜けた。小さく笑って、ジーナは話を続ける。

「だから、シスト様が『美味しい』と仰ってくれたこと……とても嬉しかったです」

「当たり前のことを言っているだけだ」

それから何かを思い出したように、口元に手をやる。

「そういえば……この学校でも、令嬢の料理を笑いものにしていた連中がいた。人の手料理をあざ笑うなんて、気分が悪い」

笑いものにされていた令嬢とは自分のことだ。ジーナは何も言えずに固まった。

「そいつらも、お前の料理を悪く言った奴も、おかしな奴だ。お前の料理が美味くないはずがない。……エメリア嬢の料理だって」

その言葉に引っ掛かりを覚えて、ジーナは首を傾げる。その口ぶりだとシストがジーナ・エメリアの料理を食べたことがある、というように聞こえる。しかし、公爵令嬢だった時、シストに料理を振る舞った記憶はジーナにはない。

（そんなこと、あったかな……）

更にシストの口調と面持ちに、ジーナは驚いていた。まるでジーナのことを慈しんで――そして、彼女への不当な扱いに傷ついているかのような。そんな態度だった。

どうして？　と、ジーナは思う。

シストはジーナ・エメリアのことを嫌っているはずだった。だから、彼女に寄り添うような態度は違和感がある。

「シスト様は、……えっと、エメリアさま、のことを、嫌っていらっしゃったのでは？」

「なっ……そんなわけ……！」

シストは目を見開いて、否定する。それから気まずそうに視線を逸らした。

「彼女に俺は、命を救われたことがある」

「…………え？」

シストはジーナが渡した菓子を手にとる。そして、懐かしそうに目を細めた。

「カネストレッリか。俺がこれを好きになったのも、その時のことがきっかけなんだ」

カネストレッリ。嬉しそうに綻んだ笑顔。『美味しい』の言葉。

それを見つめるシストと――あの時の少年の姿が、ジーナの中で重なる。

（あ……）

その時、ジーナは気付いた。

シストは試合の準備のために、先にその場を去った。残されたジーナは一人、ガゼボの椅子に腰かけていた。頭の中がぼうっとしている。

（シスト様が……あの時の男の子だったんだ……）

ジーナが菓子作りを好きになれたきっかけ。美味しそうに自分の菓子を食べてくれた男の子。

思い返してみれば、髪の色と目の色が似ている。

あの時の男の子がシストだと、ジーナは今まで気付かなかった。

というのも、

（今と雰囲気が全然、ちがうから……）

あの時の男の子は泣いていた。弱々しい雰囲気の男の子だった。体も小さくて、自分よりもっと年下なのかなと思ったくらいだった。

（シスト様はあの時のこと、ずっと覚えていてくださったんだ）

ジーナ・エメリアのことを嫌ってなんていなかった。

それは全身がじんわりとした温もりに浸るほど、嬉しいことだった。ジーナはぼうっとなって、自分の指先を見つめる。

（でも……命を救われたっていうのは、どういうこと？）

そんなことをした記憶はジーナにはなかった。そこだけが腑に落ちずに首をひねる。

◆

一口食べて、これではないとわかる。フィンセントはかじりかけの菓子を置いた。

エリデがもの言いたげに見つめてくる。その視線から逃れるように顔を逸らした。

テーブルの上には様々な菓子が積まれている。しかし、どれもがフィンセントにとっては、食指をそそられなかった。

しくじったな、とフィンセントは考えていた。試合前に差し入れをしたいというエリデに、早朝、フィンセントは呼び出されていた。菓子を渡された後は、さっさとその場を去ってしまえばよかった。

しかし、エリデに「どうぞこの場で召し上がって行って」と誘われて、席についてしまったのがよくなかった。

エリデはいつものカンノーロを持ってこなかった。その代わりに様々な菓子を持ってきた——その中にはフィンセントがリクエストしたクロスタータもある。しかし、ジーナが作ってくれた物に比べると、見劣りがする見た目だった。タルトの格子模様は歪だし、ジャムも照りがなく、どろっとしている。

——とても食べたいとは思えない。

フィンセントは無言で席を立った。エリデが焦ったように声を上げる。

「フィンセント様。こちらのクロスタータはいかがです？　自信作なんですよ」

「……要らぬ」

「でも、こちらは私の手作りですわ」

「『こちらは』とは何だ」

「え……」

エリデは焦った様子で目を逸らす。

「なぜあのカンノーロと同等の菓子を持ってこない？」

「そ、それは……」

「お前が得意なのはカンノーロだけなのか？　それならばカンノーロを持ってこい。あのオレンジピールの載ったカンノーロだ！」

　フィンセントとエリデが使っていたのは、一般学生も利用する中庭だった。

　周囲には他の学生の姿もあった。フィンセントの言葉は注目を集めていた。学生たちがこちらを向いて、密やかな声で呟く。

「カンノーロって……あの幻のカンノーロのこと……？」

「しっ、口を挟むなよ……！」

　小さな声だったが、『カンノーロ』という響きに敏感になっているフィンセントは聞き漏らさなかった。

「お前たち。幻のカンノーロとは何だ」

　突然、フィンセントに声をかけられて、下級貴族は怯えた様子を見せる。

「ひっ……殿下……。オレンジピールの載ったカンノーロとは……チョコレートがコーティングされ、クリームの詰まった物のことではないかと……」

「まさしくそれだ。お前たちも知っているのか」

「恐れながら、それは食堂で販売されているカンノーロではないでしょうか」

「食堂で売られている……⁉」

「あ……その……はい……。一つ五十リラで……」

「五十リラだと⁉」

フィンセントは驚愕して、エリデを見る。エリデの顔がどんどんと青ざめていく。その反応がすべてだった。

フィンセントは、怒りに任せてテーブルを叩きつける。

「お前はたったの五十リラで売られているような安物を、自分の手作りだと偽って私に持って来ていたのか⁉」

「ちがいますわ、フィンセント様！　騙そうと思ったわけではありません！　私はフィンセント様を好いているからこそ、嘘をついてしまったの……！」

みっともなく弁解を始める女を、フィンセントは心の底から鬱陶しく思った。

「私の婚約者は、ジーナ・エメリアだ！　私は彼女と婚姻するのだ！　お前のような身分も、容姿も、ジーナに劣っている女を娶るはずがないだろう」

「では、料理は……⁉　フィンセント様は、ジーナが料理下手だと仰っていたではないですか」

フィンセントは何も言えなくなって、ぐっと口を噛みしめる。

「フィンセント様……なぜお黙りになられるのですか」

「お前が作った菓子など要らぬ。二度と私に近付くな。あのカンノーロも、次からは自分で買い付ける」

「フィンセント様……⁉」

冷たく吐き捨てると、フィンセントはその場を立ち去った。

(そうか。私が間違っていた。私の女はジーナだけだ)

フィンセントは初めて自分の行いを悔いた。ジーナが行方をくらました理由がようやくわかった。フィンセントが他の女子生徒と交流していたから……それでジーナはヤキモチを焼いたにちがいない。フィンセントは考えていた。もしジーナに会えたら、その点は謝罪しなくては、とフィンセントは考えていた。そそして、これからはジーナだけを愛すると誓うのだ。

そうすればジーナは感激して、フィンセントにまたたくさんの菓子を貢いでくれるにちがいない。フィンセントはそれを「まずいな」と言いながら完食し、愛を告げるのだ。

(ああ、ジーナの菓子が恋しい)

フィンセントはジーナの作ってきた菓子を思い出す。

すると、それに付随するように、あのカンノーロの味が思い起こされた。あれは夢のように美味しかった。全身に染み渡るような美味――それこそがフィンセントが求めている料理だった。

あのカンノーロは、いったい誰が作っているのだろう。

後で食堂に問いただささなくては、とフィンセントは思っていた。

(その菓子を作った者を、私専属の調理人にしてやろう)

もちろん、今日の決闘でシストを打ちのめした後で、だ。

フィンセントは気付いていなかった。

自分が去った後、他の学生たちが怪訝な顔でささやき合っていたことを。

「フィンセント殿下……エリデ嬢の手作り菓子が口に合わなかったようだけど」

「殿下は婚約者のエメリア様の料理にも文句を付けていらしたわよね……」

「もしかして、殿下の食の好みが気難しいだけなのではないだろうか」

「そうだとすると、エメリア様の料理が下手だと、散々、吹聴していたのは……？」

彼らは疑惑の眼差しを、フィンセントが去っていた方角へと向ける。


——エリデが食堂のカンノーロを自分の物だと偽って、フィンセントに渡していたという話は、数日後には学校中に広まっていた。

上級貴族の令嬢からエリデは目を付けられ、激しく責められた。エリデは自分を慕っていた令息たちに助けを求める。しかし、そちらからも「自分たちが必死で手に入れたカンノーロを殿下に貢いでいたとはどういうことだ！」と、詰め寄られるはめになるのだった。

◆

『英雄の試練』は、フィオリトゥラ王立学校に隣接する競技場で執り行われる。

競技場は円形構造の闘技場のような施設だ。ルリジオンの街に古代より存在する遺跡の一つである。昔はその闘技場で魔道士たちの競技と賭け事が行われ、それによりルリジオンの街は栄えてきた。

現在、フェリンガ王国では闘技場による賭け事の運営は禁止されている。しかし、学校が開催する魔法競技祭は例年、その競技場で開催され、ルリジオンの名物娯楽となっていた。

南の地の王都からルリジオンの街までをつなぐ街道を、朝から多くの馬車が通り過ぎる。百年ぶりに開催される催事、その上、この試合によって王位継承権が定まるとあって、国民の関心は高い。

全国の有力貴族たちはルリジオンを目指して、馬車を走らせていた。

その中に、一際豪奢な外装の馬車があった。四方が軍馬、騎士、王宮魔道士によって固められていて、重々しい雰囲気だ。その馬車が掲げているのは王室の紋章──国王アベラルド・フェリンガと、妃マファルダを乗せていた。

王家の馬車がルリジオンに到着したのは、昼過ぎのことだった。歓待を受けた後、国王夫妻は競技場の貴賓室へと通されていた。もっとも高台に作られたバルコニー型の観戦席だ。

アベラルドは席に着くと、気難しい表情で両目を閉じる。元より口数の少ない男ではあるが、今朝からは特に無口だ。考えにふける様子で、椅子に深く寄りかかっていた。

一方で、王妃マファルダは好奇の目を試合場へと向けていた。彼女は高揚感に頬を染め、口元をつり上げる。それを誰にも気付かれないように、扇で覆い隠していた。

(ようやく、あの出来損ないを処分する機会に恵まれました)

もうすぐだ。彼女の悲願が叶う時が来た。その瞬間を想像し、マファルダは興奮を抑えられずにいた。横目で夫の姿を窺う。アベラルドは気難しい表情で、何を考えているのかわからない。

特に第二王子シストに関わることでは、彼はいつもそんな態度をとる。

そのことがマファルダの神経を余計に逆なでするのだった。

（陛下は最後まで、あれが誰の子なのか教えてくださらなかった……。きっとろくでもない素性の女なのでしょう。英雄王の特性を、あの子は受け継がなかったのですから）

魔道士は通常、力の強い方の属性を受け継ぐ。英雄王『スフィーダ・フェリンガ』の属性は「火」だった。アベラルドもフィンセントも「火」だ。それなのに、シストだけ「風」属性なのである。それが余計に、マファルダの中で「あの子だけ余所者である」という感覚を強めていた。

マファルダが、シストを排そうと決意したのは彼が六歳の時だった。シストが王宮から離れ、市井の学校に通うことが決まった時。

マファルダはその馬車に刺客を差し向けた。

だが……結果は失敗に終わった。その日は天候が荒れていた。馬車の近くに落ちた雷によって、刺客たちは意識を失った。その後、警備隊にシストは保護されたのだ。

『第二王子は無事です』――その知らせを聞いた時、マファルダは心の底から憤った。

何と悪運の強い子供なのだろう、と思った。

それからというもの、マファルダはシストを怪しまれずに消す方法を考えていた。

王立学校でフィンセントがシストと決闘することになったという話を聞いた時、チャンスだと思った。マファルダは学校にフィンセントの護衛として、配下を忍ばせていた。彼を使って、フィンセントを誘導した。決闘の敗北者がデフダ遺跡へと向かうように。後はシストが決闘で敗れれば、計画は完璧だった。付き添った教師が、シストを遺跡の中で処分してくれる手はずになっていた。

しかし、マファルダの思惑とは裏腹に――フィンセントはシストに決闘で敗北した。その知らせを聞いた時、マファルダはショックのあまり、自室で倒れた。

――わたくしの子が……！　あんな素性の怪しい子に負けるなんて！

決してあってはならないことだった。

マファルダは更に憎しみにかられた。何としてでも、彼を排除しなくては……！　その考えばかりにとりつかれるようになっていた。

――次こそは、しくじるものですか。この試合であれを始末するのです。

マファルダは扇で口元を隠す。ねっとりとした笑みを湛えていた。

競技場に視線を配ると、一人の男が通路を歩いているのが見えた。メガネをかけた冴えない容貌の男だった。

フィオリトゥラ王立学校の教師――バルド・デムーロ。

マファルダは彼に一つの命令を与えていた。

『試合前に、お前はあの出来損ないに魔法をかけるのです』

デムーロは間違いなく、マファルダのために遂行してくれるだろう。

そうすれば、フィンセントの勝ちは確実だ。フィンセントに人殺しをさせようとまでは思っていないが、試合後に重傷を負ったシストを仕留めることは簡単だろう。怪我による衰弱死ということであれば、周囲への言い訳も立つ。

（――勝つのも、王位を継ぐのも、わたくしの子です）

マファルダはその優越感に浸りきって、口元をつり上げていた。

◆

閲覧席は貴族席と平民席で分かれている。

ジークハルト・エメリアは貴族席から、平民席に目を凝らしていた。報告のあった娘の姿を頼りに、ジーナを探している。ようやく娘を見つけることができると、彼はホッと息を吐いた。失踪してから初めて見る娘の姿である。

（おお、ジーナ……。元気そうで安心した）

ジーナのそばにはヴィートと、もう一人、少女の姿がある。彼らは仲睦まじそうに話していた。その様子にジークハルトは目を細める。

あの笑顔を曇らせるわけにはいかないと痛感する。

（この試合……もしフィンセント殿下が勝つことがあれば……）

この国の行く末と、娘の将来はどうなることか。

ジークハルトは私情を大いに交えながら今後を憂う。胸の内で『フィンセントが試合中に腹痛に襲われますように』と、呪詛を唱えるのだった。

◆

「おい、人族の群れだ」

競技場の外縁部に腹ばいになって、ベルヴァは眼下を見渡していた。その隣からはリズがひょっこりと頭を出す。縁に両手をかけて、覗きこむような姿勢だった。

「ジーナは……お、いたいた」

と、ベルヴァが注目していたのはジーナたちだ。五感に優れている彼はすぐにその居場所を見つけることができた。飼い主を見つけた犬のように、ベルヴァは尻尾をふりふりとしている。

一方、リズは別方向をじっと見つめていた。

「やはりあの男の正体は……」

「んー?」

ベルヴァが訝しげにリズの視線を追う。通路を一人の男が歩いている。それはフィオリトゥラの魔法科教師だった。


「殿下。既定により、試合前に御身の検査をさせていただきます」

教師デムーロは恭しく頭を下げていた。

前に立つのはフィンセントとシストだ。二人は競技場の入り口で彼に呼び止められていた。

デムーロが呪文を唱える。すると、二人の体は淡い光に包まれる。

「差し支えございません、お手間をとらせました」

フィンセントは高慢そうに顔を背け、中へと入っていく。シストは彼と距離を開けて、歩き出した。

彼らの背にデムーロは声をかける。

「……ご武運を」

彼が礼をすると、その手首では無骨なリングがしゃらんと揺れた。

◆

二人の王子が競技場に上がると、平民席の観客たちはざわめいた。王子の姿を直に見るのが初めての者も多い。興味深そうにその姿に見入っている。

ジーナは不安でたまらなかった。シストの姿が見えても、胸がドキドキして落ち着かなかった。

フィンセントは余裕めいた笑みを浮かべている。シストは試合場の緊迫感が伝わってくるほど、決然とした様子だ。

両者ともに黒い服をまとっている。それは魔道士用の軍服だった。魔道士は裾の長い外套《がいとう》を羽織るのが正装とされる。

周囲からは、「凛々しい」「素敵」との声が上がる。

フィンセントは丸腰だが、シストは外套の中に帯刀している。そのことに気付いて、ジーナはぽつりと声を漏らした。

「シスト様って剣を使えるんだ……」

その声に応えたのはヴィートだった。

「ああ、そうか。学校では必要ないから、ジーナちゃんたちは知らないんだったな。殿下は魔法よりもむしろ、そっちが得意なんだよ」

「そうだったんですか」

「殿下の身体能力は、昔から人間離れしてるっていうか……。昔、殿下をさらおうとしたならず者たちがいたんだけど、そいつらのことも素手でのしてたし」

「さらっとすごい武勇伝が出ましたね」

と、クレリアも目を丸くしている。

「でも、そのおかげで、ほら、見てみなよ。前の学校だと、庶民から人気あったんだよな。シスト殿下」

平民席の一部から、シストを応援する声が聞こえてくる。

「シスト様の応援をしているのは平民の方が多くて、フィンセント殿下を応援されているのは貴族の方ばかりですね」

観客の熱量の差からもそれは窺えた。

貴族席の方は粛然としているが、席の埋まり具合から人気の差が浮き彫りになる。フィンセント側の席は埋まっているのに、シスト側の席はがら空きだ。

ジーナは胸元を抱いて、試合場に目を向ける。

（……………シスト様）

◆

フィンセントは周囲の反応に気をよくしたように、口端をつり上げていた。

「大躍進ではないか。『落ちこぼれ』と皆にそしられていたお前が、これだけの注目を浴びられるとは。もっとも……数分後には、お前に向けられる眼差しは憐憫《れんびん》のものになるのだろうが」

この状況すらも、ショーか何かと勘違いしているのか、彼は楽しげだ。その様子をシストは険しい目付きで睨み付けた。

「謝る気はないのか」

「いったい何を謝れと言うのか。お前が魔法の素質に劣ることは純然たる事実で――」

「そっちじゃない。ジーナを侮辱したことを謝れ」

フィンセントは苛立ったように眉根を寄せる。

「平民の女にそこまでいれこむとは……痴れ者めが」

そのやりとりを最後に、二人は口をつぐんだ。

視線が交差し、緊迫感があふれる。その緊張が周囲に伝わり、観客たちも静まり返っていた。

「これより――英雄の試練を執り行う」

厳かな声が競技場全体に響き渡った。

貴賓席で国王アベラルドが立ち上がり、試合場を見下ろしている。拡声音響用の魔道具により、彼の声はよく通った。

フィンセントとシストは、険のある視線を交えた。

その直後、フィンセントは動いた。

呪文を詠唱し、掌から魔法を撃ち出す。

「火球《ファイア・ボール》」——火属性の初級魔法だ。球状の炎を撃つ、もっとも基本的な攻撃呪文だった。

以前までのフィンセントなら魔力量に驕って、大技を連発し、すぐに魔力切れを起こしていた。

しかし、遺跡探索を経て、彼は何かを得たのか——その選択は、魔道士としての基本戦術にきちんと則っていた。

撃ち出された火球は一つだけで、軌道も読みやすい。避けるのは容易《たやす》いが——

（いや、それが狙いか）

シストは瞬時に判断していた。

フィンセントは油断なくシストの動きを見据えている。こちらが避けたその隙を狙って、更に大技をぶつけてくる算段なのだろう。

それなら、とシストは呪文を唱える。風魔法で炎を散らそうとした。

だが——風は起こらない。

魔法が不発に終わったのだ。

（なっ……⁉）

シストは目を見張る。

唱えたのは風の初級魔法だ。昔ならともかく、今の自分であれば失敗するはずもない。だが、現に魔法は発動していない。

困惑しながら、シストは地面を蹴り上げる。

火球を避けた――それがフィンセントの誘いこんだ罠だとわかっていながら。

フィンセントがすかさず次の魔法を叩きこんでくる。

中級魔法『火《ブレイズ》・嵐《ストーム》』。地面の上に炎の波が立ち上がり、襲いかかってくる。シストはもう一度、風魔法を唱える。だが、またもや不発に終わった。

眼前に熱波が迫る。

選択――右か、左か。

迷う余地もない、左だ。シストは咄嗟に外套を脱いで、炎に向けて広げた。

目の前で外套が炎に呑まれる。焦げた匂い――そこには、肉が焼けたような匂いも混ざる。

腕に剃刀を走らせたような激痛。遅れて観客席から悲鳴が上がる。

外套を放り投げる際に使った左腕が、炎をかすっていた。肘から手首にかけて熱傷を負った。

シストは額に汗を浮かべて痛みに耐えながらも、思ったよりも軽傷だったな、と考えていた。あれだけの炎に呑まれたら普通だったら死んでいるところだ。それを左腕一本だけで済んだのだから、助かったと思うべきである。

今、考えることはそれよりも――

（なぜ魔法が発動しない……⁉）

シストは自身の右手を見る。

◆

試合場でシストが困惑している。

その様を貴賓席から眺め、王妃マファルダは満足していた。

（ふふ……わたくしの指示通り、うまくやってくれましたね）

フィンセントの魔法を前に何もできない、みっともない姿。『やはり、あれは自分の子より劣っているのだ』と、マファルダは実感し、ほくそ笑んでいた。

これからが本番だ。今日の試合は、後世に残るほどに愉快な見世物になるにちがいない。

これは決闘ではない。王家にもぐりこんだ厄介者を排除する、「見せしめのショー」だった。

そして、マファルダの子が王位を継承するという、輝かしい未来を手に入れるための礎。その未来を想像し、マファルダは高揚感で満たされていた。

ただのつまらない決闘をこれだけの面白い見世物に変えてくれた影の功労者に、マファルダは感謝していた。

（あなたは封印魔法の天才です――ルカ）

◆

——闘技場の通路にて。

席には座らずに、壁にもたれて観戦している男がいた。

教師のバルド・デムーロだ。

彼は試合の展開を見守り、小さく笑みを零す。そして、自分の手首からリングを抜きとった。

その瞬間——男の容姿は変化した。冴えなかった目鼻立ちは、整ったものへ。ぼさぼさの茶髪は、美しい水色の髪へと。

王宮魔道士ルカ・レンダーノ。

彼は痛ましげに目を細め——しかし、どこか余裕めいた態度を維持したまま、

（悪いね、シスト殿下……女王様のご命令だ）

と、内心で呟くのだった。

◆

シストの魔法が発動しない。そのことにフィンセントも気付いたようだ。

たっぷりと優越感をにじませて、嘲笑すると、

「初級魔法すらまともに使えないとは……。やはりお前は無能だ。先日の決闘はまぐれだったのだな」

と、見せつけるように掌に火を生み出す。それが丸く集まって、火炎球となった。

「貴様のような雑魚に上級魔法はもったいない。下級魔法で十分だろう。これが私とお前の

『差』だと、その身をもって思い知るがいい！」

その火炎球が分裂する。いくつもの炎の弾となって、掌から撃ち出された。

シストは目を見張る。これだけの数の火炎球を魔法を使わずに防ぐのは不可能だ。

しかし、脳裏をジーナの姿がよぎる。すると、不思議な力が全身に満ちた。

対応はほとんど反射だった。抜刀、同時に投擲《とうてき》。

シストは剣の鞘を放る。爆音——砂煙。鞘に直撃した火炎球が爆ぜたのだ。周囲の火炎球をいくつも巻きこんで、それは空中で爆散した。

その爆風をくぐり抜け、一つの火炎球が飛んでくる。

それをシストは剣で斬り裂いた。空中で割れた火炎球が破裂。小さな爆破が連続で起こった。

『おおー！』

「魔法も使わずに防いだぞ！」

「かっこいい……！」

観客席からどよめきが上がった。

思わぬ展開に観客は沸いていた。黄色い声が降って来ると、フィンセントは目をつり上げる。

「貴様……！　情けをかけてやったのが間違いだったようだな」

と、激情を魔法へと変えるように——彼の掌から烈火が立ち上る。

「灰も残さぬほどに、燃やしつくしてくれる——！」

それは競技場の大半を覆うほどの、火の海だった。

◆

試合場の展開に、ジーナはぞっとしていた。直視できないほどの緊迫の連続――そして、とうとうフィンセントが上級魔法を唱えると、ジーナは真っ青になった。

「やめさせられないんですか!?」

と、すがるようにヴィートに尋ねる。

彼も苦しそうな表情で試合場を見つめていた。その額には汗が浮かんでいる。クレリアは泣きそうな表情で、顔を逸らしている。

その時――フィンセントの手から上級魔法が放たれた。

試合場は烈火に染まり、火の海にシストの姿が呑まれた。

「……そんな……」

ジーナは椅子の上でへたりこんだ。

◆

観客たちが固唾を呑んで、試合を見守っている。

そんな中、

「うあー。熱ぃ……ひげがピリピリきやがるぜ」

呑気な声を上げていたのは、ベルヴァだった。肉球を床にぺしぺしと叩きつけ、試合展開に文句を付けている。

「勝負あったな。つまんねー試合だった」

「…………待て」

と、リズが声を上げる。

「おかしいと、思わないか」

「何がだよ」

「あの男の身体能力だ。俊敏な動き、剣さばき……いや、問題はそこではない」

「ああ？　何が言いたい？」

「そもそも腕にあれだけの火傷を負って、動けること自体がおかしい……痛みでとっくに失神しておるわ。普通の人族であれば」

「…………は？」

◆

フィンセントが魔法を解き放つ。

試合場は熱気に包まれた。炎が這うように一面を覆いつくし、シストに迫る。逃げ場はない。

魔法が使えないシストに、その攻撃を防ぐ手はない。

シストは目を見張る。

眼前に炎が映り、視界が赤く染まった。

その時だった。

『……どうか、シスト様が怪我をしませんように』

どこからか、声が聞こえた。聞き覚えのある声だ。

（ジーナ……？）

シストは目を瞬く。瞬間、彼の中で昔の記憶が弾けた。

あれは十年前のことだった。

王宮を追い出されることが決まって、シストは中庭で一人、泣いていた。その時、声をかけてくれたのがジーナだった。

ジーナはカネストレッリをシストにくれた。そのお菓子は優しい味がして、すごく美味しかった。『美味しい』と告げると、ジーナは嬉しそうに笑った。

『少し待っててね』

少女はそう言い置いて、去っていく。彼女は別の菓子を手に戻ってきた。

『これも、あげるね』

ジーナは照れたような笑顔と共に、それをシストに差し出した。

『これからあなたにいいことがありますように、って願いをこめたの』

シストはその袋を受けとって、まじまじと見つめた。

焼き立てなのか、袋越しでもほんのりと温かいことがわかる。その温かさが、じんわりと胸に染み渡った。

その日の午後。シストは馬車に乗って、通うことになる学校へと向かっていた。しばらく王宮に戻ることはできない。外は重い雲が立ちこめ、昼間なのに薄暗かった。

しかし、シストは不思議と寂しさは感じなかった。膝の上に載せたお菓子が、ほんのりと甘い匂いを漂わせている。その菓子をそっと口に運んでみると、優しい味がした。

事件が起こったのは、道中のことだった。

馬車が突然、停止する。

外からは馬のいななき、御者の悲鳴――そして、怒号が聞こえてきた。

シストは不安になって、ジーナからもらった菓子の袋をぎゅっと握りしめる。

乱暴に馬車の扉が開く。そこから顔を覗かせたのは、知らない男だった。粗暴な風体をしている。手には剣を持っていた。

『お前がシスト・フェリンガだな――』と、男が告げる。そして、その剣を振りかぶった。

シストは目をつぶる。その時、どこからか声が聞こえたのだ。

『あの子に、これからいいことがありますように』

それは少女の声だった。

そこでシストの意識は途切れた。

気が付いたら、雨音が響いていた。シストは馬車の外に倒れていた。辺りを見渡して、彼は驚愕する。馬車が焼け焦げていた。野盗と思わしき男たちは地に伏している。皆、意識を失っていた。

その後、シストは警備兵によって助け出された。

これはシストも後から聞いて知ったことだが——

その日、偶然にも馬車の近くに雷が落ちた。それによって、野盗たちは倒れたのだという。

シストはそれを奇跡だと思った。そして、ジーナからもらった菓子の袋を見つめる。落雷の奇跡が起こった時、彼女の声が聞こえた気がした。

『いいことがありますように』彼女の言葉を思い出す。その祈りが天に通じたから、それによって奇跡は引き起こされたのではないかとシストは思った。

シストは我に返る。火に呑まれた試合場に彼は立っていた。観客の悲鳴が遠くから響いていた。

十年前に聞こえた、少女の祈りの声と、

『……どうか、シスト様が怪我をしませんように』

今、聞こえてきた祈りの声。

その二つがシストの中で重なる。

(ああ、そうか。……彼女だったんだ)

烈火に染まる視界の中で、シストは観客席を見上げた。

彼女の姿を見つける。すると、温かな安堵が胸の内に広がった。

シストは理解した。

十年前にお菓子を渡してくれた少女と、今朝、試合前にお菓子を差し入れてくれた少女が——

同一人物であるということに。

次の瞬間、視界の中で光が弾ける。

天気は晴天。

空は突き抜けるような青色で、澄み切っている。

そんな天候にそぐわないほどの――雷鳴が辺りに響き渡った。

◆

観客は皆、度肝を抜かれていた。それは二人の魔族も同じだった。

ベルヴァがしっぽを丸めて、後ずさる。そして、唸り声を上げた。

「あの小僧の属性は、『風』なんかじゃねえ！」

「うむ」

と、リズがしたり顔（といってもぬいぐるみなので、ひょうきんな顔付きではある）で頷いた。

彼らの視線の先――競技場で弾ける光。それは青い雷光だった。

「あれは『風』の上位属性――『雷』」

「どういうことだ。人間がその属性を操れるわけがねえ。いや、人間どころか、俺たちにだってできねえよ！」

「昔から『雷』を操れる種族は、ただ一つと決まっておる。三大魔族が一つの――」

リズは厳かな声で言い放つ。

「――竜族」

◆

フィンセントが生み出した炎に、シストの体は呑みこまれたかのように見えた。

直後。

光が弾ける。遅れて、辺りには雷鳴が響いた。ばちっ――炎の中で光が迸《ほとばし》る。次の瞬間、その光を中心として、炎が一斉に後退した。

辺りを埋め尽くしていた炎が、じゅっと音を立て、消え去っていく。試合場には業火の名残である煙が立ちこめた。

フィンセントは眉をひそめて、立ち尽くす。自身の魔法が何らかの力で突然、かき消されたのだ。彼は動揺して、辺りを見渡していた。

煙でぼやけた視界の中、ばちっ――再度、光が弾ける。

フィンセントの視点が、シストに固定される。そして、愕然とした。あれだけの炎に呑まれていながら、シストの体は火傷一つ負っていない。彼は静かにフィンセントを見据えていた。

瞳の色が赤く染まっている。その視線の鋭さに、彼は得体の知れない恐怖を抱く。フィンセントは、ひっ、と声を上げると、

「何だ、お前……いったい何をした⁉」

シストは何も答えずに、足を踏み出す。自分へと近付いてきたことを悟って、フィンセントは恐慌状態に陥った。

「何だ、お前……っ、お前は、……ありえない！　無能なお前に！　私より劣るお前に、こんなことが！　できるはずがないッ！」

と、続けざまに呪文を詠唱する。

五月雨《さみだれ》のごとく撃ち出された火の魔法。それはすべてシストへと届く直前、彼の周囲を走る雷光によって撃ち落とされる。

攻撃が何も通じない——そのことに、フィンセントは狼狽する。彼の顔は見る見ると青く染まり、全身には汗が吹き出していた。

シストが間合いに入った。その直後、彼は流れるように動く。

「ひぃぃぃ……っ！」

フィンセントの眼前に剣が付きつけられる。白刃を小さな雷光がまとう。その光が、フィンセントの鼻先で、ばちっ——弾ける。

その瞬間、フィンセントの中で矜持は粉々に砕け散った。

「や、やめろ……！　お前を馬鹿にしたことは詫びる！　謝る！　だからっ……！」

恥も外聞もなく、彼は必死で懇願する。

シストは静かにフィンセントを見ている。赤い双眸がまとわせる冷酷な雰囲気に、フィンセントは震え上がった。

シストが両目を閉じる。再度、目を開いた時、その双眸は普段通りの碧眼へと戻っていた。辺りに充満していた、ひりついたような空気が霧散する。

シストは剣を下げた。

「俺に謝る必要はない。お前に言われたことにも、腹は立てていないからな」

フィンセントは安堵の息を吐き出した。

助かった――と、彼が思った、直後。

フィンセントの体は後方へと吹き飛ばされていた。殴られたと気付いたのと同時、彼は地面に衝突する。

「だが、お前がジーナにしたことは、絶対に許さない」

怒気を孕んだ声がフィンセントの耳に届く。

その瞬間、彼は意識を失っていた。

◆

『英雄の試練』は、シストの勝利で終わった。

試合の後、ジーナたちはシストの下へと向かっていた。競技場内にある控室だ。始めは衛兵に止められたが、彼らはジーナの顔を見ると一転して、丁寧な物腰に変わり、中へと通してくれた。

「シスト様」

ジーナたちが部屋に入ると、シストは立ち上がった。その腕には包帯が巻かれている。フィンセントの魔法で焼かれた方の腕だ。その痛々しい様子にジーナは目元を歪めて、彼へと歩み寄る。

「その怪我……もう動いても大丈夫なのですか」

「ああ……これか？　少し大げさに巻かれた。実はほとんど治っている」

何でもない風に答えて、シストは手を開いたり閉じたりする。その面持ちから苦痛を感じている様子はなかった。

ジーナも、ヴィートとクレリアも目を見張る。

「治癒魔法をかけてもらったにしても、早すぎませんか？」

「それに、さっきの試合での魔法は何なんですか？　俺、あんなの見たことないですよ」

シストは迷うように視線を漂わせる。決意したようにヴィートとクレリアの方を見ると、

「来てもらったばかりで悪いが、ジーナと二人で話したい」

「ああ」

「なるほどです」

その要請には、二人はなぜかにやにや。さっさと踵を返して、扉へと向かう。

「それでは殿下。お大事に。そして、此度の勝利、おめでとうございます」

「ジーナ、頑張ってね！」

そう言い置いて、扉が閉まる。

『頑張ってって……何を？』と、ジーナは目をぱちぱちさせていた。なぜだかそわそわとして、気恥ずかしい気持ちになる。

「あの……おめでとうございます。シスト様」

「俺が勝てたのは、君のおかげだ」

シストの方を向いて、ジーナは息を呑んだ。

柔らかな声だった。それに、いつにも増して優しい顔付きをしている。

（シスト様……いつもと雰囲気がちがう……？）

それもジーナのことを『君』と呼んだ。これまでは『お前』だったのに。王族と平民の距離感であれば、本来は後者の言葉遣いの方が正しい。

柔らかな眼差しで見つめられると、ジーナの胸は落ち着かなくなって、視線を逸らした。

落ち着かないのはシストの方も同様だったらしく、

「こうして、目の前にいると思うと照れるな……」

と、照れた様子で告げている。

何が？　と、再度、ジーナは首を傾げる。

そわそわとするような落ち着かない空気が流れてから、

「先ほど、父と話したんだ。その時、俺も初めて知ったのだが、俺の母親は普通の人間ではないらしい」

シストが切り出した言葉に、ジーナはハッとした。

「魔族――それも竜族だというんだ。しかし、そのことを公にしたら問題になるから、今まで俺の母親については存在を隠していたらしい」

「国王陛下と、竜族の間に生まれたのがシスト様なのですか……？　では、シスト様のお母さまは今は……？」

「俺を生んだすぐ後に亡くなったそうだ。母についてもっと聞きたいこともあったが、それ以上のことは教えてはもらえなかった。俺が試合で使った魔法は、竜族の力らしい。そして、俺がその力を使えるようになったのは、君の料理のおかげだ」

「私の料理が……？」

　ジーナは呆然とする。

　その言葉を咀嚼してから、自分には過ぎた評価だと思った。

「それはさすがに買いかぶりすぎではないでしょうか。シスト様が竜族の血を引いておられるなら、元々、シスト様が持っていた力なわけですから……」

「だが、俺は今までその力を使えなかった。君の料理でその力を引き出せたのも、今回が初めてではない」

「え……？」

「前にも……、君には……」

　シストはそこで言葉を切る。沈黙が流れて、ジーナは彼の顔を窺った。

「明日は、まだ学校にいるか？」

「はい」

「話したいことがある。朝、いつもの場所に来てほしい」

　ジーナはその言葉に頷いた。

『明日は、まだいるか』という言葉がおかしいことに気付いたのは、彼と別れた後のことだった。

◆

王妃マファルダは試合後に気絶していた。

試合内容が想像とまったく異なる結果に終わったせいである。競技場の医務室で彼女は目を覚ました。そして、彼女はひどく憤慨していた。

マファルダはすぐさま部屋に一人の男を呼び出す。それは王宮魔道士ルカだった。

彼が部屋に入って来るなり、マファルダは声を荒らげた。

「お前は何をしているのです！」

「王妃様。そのように激情されては、お体に障ります」

ルカは飄々とそんなことを口にする。その泰然とした態度が、マファルダの神経を逆なでした。

「お前の魔法に不備があったのではなくて⁉　話がちがいます！　なぜ、わたくしの子があんな無能者に負けてしまうの⁉」

「私は確かにシスト殿下に封印をかけました。しかし、何か別の力が作用した様子。その力によって、私の封印が打ち破られたのです」

「言い訳は結構です！」

マファルダは頭に血が上っていて、ここがどこであるのかも忘れているらしい。彼女は立ち上がると、ルカへと詰め寄る。激情のままに喚き散らした。

「フィンセントが負けたのはお前のせいです！　お前の封印魔法が成功していれば、あの無能は何もできずに敗北が決まっていたはずなのに……！」

「王妃様……。抑えてください。この場で口にすることでは……」

ルカが神妙な顔付きで進言した時だった。

「マファルダ……そして、魔道士ルカよ……。何ということを仕出かした……」

入口には国王アベラルドの姿がある。

「お前たちは、神聖な儀式を汚した。『英雄の試練』に水を差すことが、どれだけ愚劣な行為であるのか、知っているのか」

国王の言葉に、ルカの面持ちからは表情がすとんと抜け落ちる。重々しい態度で頭を垂れた。

一方で、マファルダは事の重大さを理解できていないらしく、

「陛下！」

と、声を張り上げる。

「親が子を案じることの何が悪いのです！　わたくしはフィンセントがあのような危険な場で、怪我をしないように策を講じたまでです！」

「……そうか。お前はあくまで、子を思う親心が今回のことを引き起こしたと言うのだな？」

「当然ではありませんか！」

アベラルドは険しい表情で黙りこむ。

それで許されたとでも思ったのか、マファルダが口元を緩めた――その直後。

「この場で騒ぎを起こすことはせぬ。だが……王都に戻り次第、お前たちの身は拘束させてもら

おう」

「いかような罰でも、謹んでお受けいたしましょう」

ルカは神妙に答える。

マファルダは何を言われたのか理解できなかったようだった。唖然と口を開いてから、

「なぜですの！　陛下！」

と、声を上げる。

彼女の顔をきつく睨み付け、王は厳かに言い放つ。

「――子を思う気持ちは、私とて同じだからだ」

◆

試合が終わった後、フィンセント・フェリンガはその足で両親の下へと向かった。

「父上！　母上……！」

と、貴賓室の扉を開く。

中にいるのはアベラルドだけで、母マファルダの姿はなかった。

「母上はどこです」

「マファルダは体調が優れないと休んでおる。……何用だ」

アベラルドの声音は常時よりも低く、問い詰めるような厳しさを含んでいた。しかし、フィンセントはそのことに気付かず、口を開く。

「『英雄の試練』のやり直しを求めます！」

「お前はこの期に及んでもまだ、現状を理解できていないようだな」

「私がシストに負けるなどありえない！　それに奴の使った魔法は何です！　あんな魔法、今まで見たことがない！　あれは、……そう、あの落ちこぼれは、まともにやっても私には勝てないからと、何か邪法にでも手を染めたにちがいありません！」

アベラルドはフィンセントから視線を逸らし、深く項垂れた。諦観が含まれた嘆息を吐く――しかし、父の思いに、またもやフィンセントが気付くことはなかった。

アベラルドは決断するようにフィンセントを見据える。

「不正を行ったのはフィンセント。お前の方だ」

「なっ……！　私が……いつ⁉」

「何も知らぬようだな。だが、お前の母が勝手に行ったことであっても、お前がその責任から逃れる術はないのだ。マファルダはそれだけのことを仕出かした」

「……母上が……？」

「マファルダは魔道士ルカ・レンダーノと共謀し、シストが魔法を使えないように封印魔法をかけていた」

フィンセントはさっと顔色を変える。それがいかに罪深いことなのか、彼にも理解できたからだ。

「わ……私は何も知りません……！」

「お前の言い分については、後で聞こう」

「父上！　私は第一王子……いや、この国の王太子です！　私には、あの英雄王に匹敵するほどの魔法の才があり……！」

アベラルドは眉をひそめる。そして、失望した目で彼を射貫いた。

「本当に何も理解できておらぬようだな。『英雄の試練』で勝ったのはシストだ。今日からは、シストが王太子となる」

「そ……そんな……」

フィンセントは愕然として立ち尽くす。ようやく自分の立場が危ういということに気付いたのだった。この状況をどうしたら打開できるのか、彼は必死で考える。

いつもなら味方をしてくれるはずの母の姿はない。

しかし、まだ何か手があるはずだ。不正を行ったのは母であり、自分は関係ない。自分はこの国の第一王子であり、魔法の才能だって飛び抜けているのだ。多少失敗したくらいで立場が揺らぐことはない。まだとり戻せる――と、彼が考えていた時。

扉を叩く音がして、

「陛下。エメリア公がお話ししたいことがあると。フィンセント殿下の婚約者エメリア嬢についてのことですが……」

フィンセントはハッとして、顔を上げた。

「よい。こちらに通せ」

アベラルドが告げると、扉が開く。

そこに立っていたのはジーナの父・ジークハルトであった。

（そうだ、ジーナ……！　私にはまだジーナがいる……！　彼女さえ、私の下に戻ってくれれば……！）

美しく、料理上手な自分の婚約者。

彼女の料理を思い出すと、沈みかけていたフィンセントの心は幸福感に浸る。すると、王位継承権も、母が行ったことも、どうでもいいと思えてきた。

――彼女さえ、自分の下に戻って来てくれればいい。彼女の美味しい料理があれば、多少の不幸だって上書きできるだろう。

フィンセントはわずかな希望にすがった。

ジークハルトは恭しく口を開く。

「陛下。ご多忙のところ失礼いたします。娘と殿下の婚約に関わることでしたので、早急にお話をと存じまして……」

「構わぬ。貴殿の後ろにいるのがそうか」

アベラルドがジークハルトの後ろに視線を向ける。

そこには二人の人物が控えていた。フィンセントも見覚えのある顔だった。

「はい。以前、陛下にもお話しした通りでございます」

「なっ……貴様は……！」

フィンセントは唖然として、彼らの姿を見た。

片方は騎士のヴィート・ランディ。そして、もう片方は食堂の雑用人であった少女だ。栗色の髪の地味な女だった。その女にまつわる記憶は嫌な物しかない。フィンセントは顔をしかめて、少女を睨み付ける。

「どういうことだ。貴様は、エメリア公と何か関わりを持っていたのか」

「殿下。この者は娘の行方を捜すため、私がフィオリトゥラ王立学校に忍ばせておりました」

ジークハルトは淡々と答える。その際、彼がちらりと振り返ったのはヴィート側の方であった。しかし、フィンセントはジークハルトの視線にまで気を払う余裕はなかった。平民の女を忌々しく睨み付けていた。

「彼女が何か？」

「そうか、貴様はエメリア公の手の者であったのだな」

「その女は学校で私に多くの無礼を働いたのだ。二度と顔も見たくない。今後一切、その女を私に近付けるな」

「――承知いたしました。時に殿下。殿下はジーナの料理に不満を抱いていたそうですね。ジーナの行方を探るために学校に置いていたランディが、偶然にもそのような情報を耳にしたようですが」

フィンセントは顔をしかめた。学校での噂話が彼の耳に入ることはないと今まで高をくくっていたのだ。

「殿下がそれほどまでに娘の料理に悩まれていたとは……。今まで気付かず、申し訳ありません。これ以上、殿下にご迷惑をかけるわけにはいかないと考えております。つきましては、この婚約を解消したいと……」

「う、嘘だ！」

フィンセントは咄嗟に叫んでいた。

「まずいと言っていたのは嘘だ！　ジーナの料理は夢のように美味しかった。私は彼女の料理に満足している。よって、婚約は解消しない」

「では、殿下は本当はジーナの料理に満足していたにもかかわらず、嘘を吹聴していたと？」

「それは……！」

「なぜそのような嘘をついていたのか、お聞きしても？」

「他愛もないじゃれ合いのつもりだった……。口に合わない物でも、彼女が作った物ならすべて食べられるのだと見せることで、愛情を表現していたのだ。やりすぎたことは謝罪しよう」

状況を静観していたアベラルドが、厳かに口を開く。

「フィンセント。お前は私の子だ。私も親である以上、お前の幸せを願っている。お前が王位継承権を失ったとしても、心からエメリア嬢との婚姻を望むのであれば、それを尊重したいと考えていた。しかし、お前の振る舞いからは彼女を愛しているとは到底思えぬ」

「何を言うのですか！　私は彼女を愛しております！　ジーナさえそばにいてくれれば、他には何もいりません」

「お前が執着しているのは、エメリア嬢の料理だけではないのか？」

「いいえ！　料理だけではありません！　私は彼女の心に惚れているのです」

「そうか。では、エメリア嬢よ。貴殿の考えを聞かせてくれるか」

「えっ……⁉」

フィンセントは素っ頓狂な声を上げる。室内にいる人物の視線は、一人の少女へと集まっていた。ジークハルトも、ヴィートも、そしてアベラルドも。当然のようにそちらを向いている。

フィンセントは目を白黒させていた。その地味な女が何だというのだ。と、思った直後のこと。

彼女がイヤリングに触れ、耳から抜きとった。栗色の髪が、夕日にきらめいて――髪の毛の一筋、一筋が、陽光をまとうように変化していく。美しい銀髪が背中へと落ちた。冴えない顔立ちは、涼しげな美貌へ。最後に瞳の色が冷めた青へと変わった。

フィンセントはその顔を見て、泡を食った。

「お、お、お……お前は……⁉　お、お前、が……っ⁉」

「殿下が私の料理を『まずい』とけなされていたのは、愛情表現だったとのことですが」

ジーナは氷点下と言えるほどの冷ややかな視線で、フィンセントを射貫く。

「そんな歪んだ愛情は、私は要りません。料理を『美味しい』と素直に褒めてくださる、そんな方を好ましく思います」

……！

「これからは褒める！　お前がそれを望むのなら、料理を存分に褒めよう！　だから、ジーナ頼む、私の婚約者でいてくれ！　そして、これからも私のために料理を作ってくれるだろう⁉」

「以前、申し上げたはずです。もう二度とあなたに料理は作らないと」

「私が愛しているのは料理だけではない！　私はジーナのことを愛しているのだ」

「先ほど、殿下は私に『二度と顔を見せるな』と仰せられましたね。その言葉には従いましょう」

「そ……そんな……。待ってくれ、ジーナ！」

フィンセントは咄嗟に手を伸ばす。ジーナはその手を振り払い、大きく後ずさった。完全なる拒絶だった。フィンセントは唖然として、ジーナの顔を見る。

彼女は冷たい無表情のままだ。フィンセントはジーナのクールな態度が不満だった。彼女の料理をけなすことで、クールな仮面を剥がすことが快感だったのだ。

しかし、フィンセントはその時、初めて気付いた。なぜ彼女がそんな面持ちをするのか。

（そうか…………。私は、ジーナに嫌われていたのか……）

フィンセントがジーナの料理をけなせばけなすほどに、彼女の心は凍り付いていった。ジーナの態度がより冷ややかになっていくので、フィンセントはむきになって、彼女の料理を貶めるようになったのだ。

心のどこかでフィンセントは思っていた。私は何も悪くない、可愛げのないジーナが悪いのだと。

だが……その時、フィンセントはようやく痛感した。

なぜこんな単純なことに、今まで気付かなかったのだろう。

――嫌いな男の前で、彼女が感情を殺すのは当然のことではないか……。

◆

フィオリトゥラ王立学校の敷地内には、初夏の花が咲き誇っている。

ジーナは普段通りに早起きをしていた。イヤリングを付けて、お仕着せ服を着る。食堂で昼食の準備を終えると、菓子の袋を手に中庭へと向かった。

『英雄の試練』が行われた翌日。

学校は日常の風景へと戻っていた。早朝の清涼な空気が満ちている。

空中庭園にジーナがたどり着くと、すでにシストの姿があった。

「おはようございます。シスト様」

「ああ、おはよう」

シストはちらりとジーナの顔を窺う。そして、その言葉を付け足した。

「わざわざ来てもらってすまなかったな。――エメリア嬢」

「いえ、そんなことは…………あ」

思わず返事をしてから、ジーナは口元に手を当てた。今のジーナの姿は平民のはず。それなのにシストが呼んだのは、公爵家の名だった。

ジーナは唖然として、彼の顔を見返す。

　すると、シストはおかしそうに肩を震わせていた。

「エメリア嬢でも、こういうのに引っかかるんだな。可愛い」

「は……はい⁉」

　今、おかしな言葉が聞こえた気がする。『可愛い』とか。

　それに、こんな風に楽しげに笑っているシストは初めて見た。思いがけないことの連続にジーナは混乱して、赤面する。

　シストはひとしきり笑ってから、ジーナと向かい合う。

「……エメリア嬢は、呼び慣れないな。いつものように名前で呼んでも構わないか」

「はい……」

「元の姿からずいぶん変わったな。こちらもとても可愛いが」

「あ……あのっ」

　聞き間違いでなければ、また言われた気がする。「可愛い」とか。

　ジーナはじわじわと首元まで赤く染めながら尋ねる。

「いつ私の正体に気付かれたのですか……？」

「つい昨日だ。だが、君のことは以前から可愛いと思っていた。だから、もっと早く気付くべきだった」

「え……っ」

　ジーナは目を白黒させる。全身が熱くなりすぎて、そろそろ湯気でも立ちそうなくらいだ。

「……先ほどから可愛いと何度も仰っていますが……」

「ああ、すまない。元の姿の方も、綺麗で可愛いと俺は思っている」

「いえ、そういうことではなくて……！　シスト様らしくないと言いますか……っ」

「俺らしくない？　そうかもしれない……だが」

と、真摯な眼差しでシストはジーナのことを見る。

「俺は前からずっとエメリア嬢のことが好きだった。それに、食堂で下働きをしていたジーナのことも」

ジーナは目を回しそうになっていた。

前から好きだった？　それに、平民を装っていたジーナのことも好き？　二重に告げられた告白に、心臓がうるさく騒ぎ出す。

「ありがとうございます。嬉しいです……」

「君は、またエメリア嬢に戻るのだろう？」

「はい」

フィンセントとは婚約破棄できた。ジーナ・エメリアが姿をくらませる理由はなくなったのだ。

ジーナは近いうちに、フィオリトゥラ王立学校の普通科に戻るつもりだった。食堂は辞めることになるので、料理長のエマには事情を話した。その際、どうしてもと引き止められて、たまにジーナの菓子を食堂で売ってもらえることになった。

元の自分に戻っていいのか、ジーナは悩んでいた。ジーナ・エメリアとしても、シストたちに受け入れてもらえるのか不安だったのだ。

しかし、シストは甘い眼差しでジーナのことを見つめている。

「これからも、ここで俺と会ってくれるか」

その視線は、平民としてのジーナのことも、ジーナ・エメリアのことも、まとめて見つめているような気がした。

ジーナはほほ笑んで、カネストレッリをシストへと差し出した。

「これを。シスト様に召し上がってほしくて作りました」

今朝、ジーナが目覚めて一番に考えたことは、「今日は何を作ろうか」ということだった。考えている間も、料理をしている間も、ずっと心が弾んでいた。

朝日が街の城壁を越えて、昇り始める。柔らかな日差しがジーナの表情を照らした。

この学校に来たばかりの頃には、凍り付いていた少女の表情。

それが今は、柔らかくとろけていた。

「明日、作るお菓子は何がいいでしょうか」


──あさっても、その次も……。

これからも、ずっと。

「食べてほしい」と思って、作る料理。

「美味しい」という言葉と笑顔を想像しながら、作る料理。

それは作る手間を上回る幸福感だった。

シストはジーナの差し出したお菓子ごと、手を握る。そして、柔らかく告げた。

「ジーナがこの手で作ってくれる物なら、何でも好きだ」

ジーナは、ぽっと頬を染める。極上の幸福感に満たされて、笑顔を返すのだった。

本書に対するご意見、ご感想をお寄せください。

あて先

〒162-8540 東京都新宿区東五軒町3-28
双葉社　Mノベルス f 編集部
「村沢黒音先生」係／「めろ先生」係
もしくは monster@futabasha.co.jp まで

Mf ノベルス

メシマズ女扱《おんなあつか》いされたので婚約破棄《こんやくはき》したら、なぜかツンデレ王子《おうじ》の心《こころ》と胃袋《いぶくろ》つかんじゃいました

2023年8月13日　第1刷発行

著　者　村沢黒音《むらさわくろね》

発行者　島野浩二

発行所　株式会社双葉社
〒162-8540　東京都新宿区東五軒町3番28号
［電話］03-5261-4818（営業）　03-5261-4851（編集）
http://www.futabasha.co.jp/（双葉社の書籍・コミック・ムックが買えます）

印刷・製本所　三晃印刷株式会社

［電話］03-5261-4822（製作部）
ISBN 978-4-575-24657-5 C0093

Mノベルス

発行・株式会社　双葉社